JN243779

転生しちゃったよ

いや、ごめん

ヘッドホン侍

Headphonesamurai

目次

主な登場人物
Main Characters
キアン=ベリル ▶
ウィリアムスの父。エイズーム王国の騎士団長を務める。親バカ。
▼リリィ
ウィリアムスの母で、もち肌の美人。親バカ。
ウィリアムス=ベリル（乳児期）▶
前世の記憶を持ったまま、名門貴族ベリル家に転生した本作の主人公。

ベリル家に仕えるメイド長。
ウィリアムスに対して過保護。
▼ マリー
ジョーン=ヴェリトル ▶
ウィリアムスの教育役。
美形でスパルタ。
ウィリアムス=ベリル ▶
成長したウィリアムス。
ベリル家を継ぐため、
毎日勉強に励んでいる。

1

その日は、梅雨の時期だというのに見事な快晴で、朝から気分がよかった。

俺の通う高校は都会から少し離れた場所にあり、やや廃《すた》れた最寄り駅には、朝と夕方だけは人がわんさかいる。

通学ラッシュというやつだ。

田舎の高校は駅から数十分歩いたり、バスを乗り継いだりすることが多いが、幸いなことに、俺の学校はそこまで遠くない。

朝から数十分歩くとか、そんな運動をさせられたら俺は切れる。

ていうか、そんな高校選ばないだろうな。うん。

それにしても、今日はすこぶる天気がいい。スキップしたくなるくらい。

歩くとちょっと汗ばんでしまうのが夏の知らせのようでまた、嬉しくなってしまう。

そんなことをぼんやり考えながら歩いていると、不意に肩を叩かれた。

「おはよー、翔《しょう》!」

「ん、ああ、おはよーさん、寺尾《てらお》」

なんだ、クラスの女子とかだったらよかったのに……いや、別にそんなことは思っていない。思っていないぞっ！　これっぽっちも。

寺尾。

親友だと俺は思っている。高校に入ってからの付き合いだが、趣味や性格などが俺とすごく似ているから、すぐに仲良くなった。ある一点だけ、決定的な違いがあるが。

「なんだ、その顔は。どうせ、なんだ寺尾か、なんて失礼なことを考えてんだろ」

「あ、バレた？」

はは、と笑って冗談っぽくしてみたが、図星である。

俺と寺尾の決定的な違い。

奴は、モテる。

所謂《いわゆる》イケメンという奴なのだ、奴は。

奴、奴って煩《うるさ》いって？　仕方ないだろ、「奴」って貶《けな》して呼ばないとやってられない気持ちなんだ。

「はぁ……俺はお前のその顔がうらやましい」

イケメン度の違いという悲しい現実を突きつけられ、快晴の空に反して小糠雨《こぬかあめ》になった俺の心。

「なんだ、それ。全く……いっっっつーも言ってるけど、嫌みだぞそれ。お前が言うなよ」

真面目な顔して言う寺尾。

日常のテンプレート的なやりとりである。

もはや、ここまでの一連の流れが挨拶と言ってもいい。

しかし……うぅ。

いつもこう言ってくれる寺尾は優しいんだな、だからモテるんだ、余計。

教室でも楽しそうに女子と話してるし、ほら、今も女子に挨拶されてたし。

誰にでも分け隔てなくフレンドリーで、それでいてチャラくなくて優しいなんて、どこのどいつだ。……いや、寺尾だったな。

対して、俺は。

認めたくはないが、女子の皆さんに嫌われてる。

俺から挨拶しようものなら、大抵の子は顔を真っ赤にしながら小声でぼそぼそと言って逃げちゃうし、教室でも、俺に話しかけられた子はなぜか皆、一分と経たずに他の女の子にどこかへ連行されていってしまうのだ。

たまに遠くから「ズルイ」とか「抜け駆け」とか聞こえるんだが……俺は卑怯な人間として認識されているのか……？

ただ普通の高校生活を送っているだけなのに。

俺と寺尾の何が違うんだよー!!

……世の中は不平等である。

おっと、あれこれ考えていたら寺尾に不思議そうな目で見られてしまった。

「な、なんでもない」

咄嗟《とっさ》に言ってしまったが、これじゃ「何かあります」と言っているようなものである。

しかし、寺尾は笑顔で「そうか」とだけ呟いた。

この対応こそが紳士なのだな。見習おう。

お手本になる人物を友達に持てたと思うことにしよう、と一人勝手に納得して頷いていると……。

花瓶が降ってきました。

……え？　アレ？

2

——ここは、どこだ。

狭いということくらいしか分からない。視界は暗く、身を包むような、浮遊しているような感覚しかない。

俺は今、俺の知っている世界ではないところにきてしまった……はずなのだが。

要するに異世界。要すらなくても異世界。

何だそれって？　……はぁ。

単刀直入に言おう。

――神様の奴に言われた。

つまり、俺はよくある『異世界に転生』という道を歩んでしまったわけだ。

◆　◆

花瓶が脳天に直撃した。

世界が妙にスローモーションになって。

頭のてっぺんに陶器のそれが触れて、徐々に重圧を増しながら、頭蓋骨《ずがいこつ》を軋《きし》ませていくような感覚。

死んだ……！

と思ったんだが、気がつけば真っ白な空間に一面のお花畑。

天国か？　と思ったが、それにしては輪廻転生《りんねてんせい》の輪とか閻魔《えんま》様とか最後の審判とか、そういうイベントが何一つ起こらなかった気がする。

意外と味気ないな……。

しかし花瓶当たって死んで、さらにお花畑って何の嫌がらせだ。花だらけじゃないか。

もしかして、俺のことを揶揄《やゆ》してるとか？

俺の頭の中はそんなお花畑じゃねぇぞ！

と意味のないツッコミを一人でしていると、花畑が消えた。

視界には真っ白な空間だけが残る。

「誠に申し訳ありませんでしたー！」

ジャンピング土下座をしながら目の前にいきなり現れた……老人。

えーと……何なんだろう、この状況。

「え、ちょっと、どうしたんですか、顔あげてくださいって」

今の事態が呑み込めない。とりあえず説明が欲しいのです。

「許してくださるのかー？」

俺の言葉に、ばっと顔をあげた老人がキラキラした目で縋《すが》りついてきた。

……。

……嬉しくない。

ここは天国のはずなのに嬉しくないぞ。

花畑と言い、目の前で土下座している老人と言い、嫌がらせか？　おちょくっているのか？

地味に嫌なことばかり続く。

そこで、俺はある可能性に思い当たって顔が青くなった。

もしかして、ここは地獄だったり……。

「ここは天国でも地獄でもないですぞ」

地面に這《は》いつくばっていた老人が立ち上がってそう言った。

もう謝るのは止めたのか。

謝られている理由は分からないが、あの必死な様子から見るに相当なことをしでかしたんじゃなかろうか。

切り替え早くないか？

そこで、ハッとして老人の顔を見つめる。

俺、何も言ってないよな……？

指で唇を触れて確かめてみるも、口が勝手に開いて何かを言った様子もない。

ってことは、今この人、俺の心読んだ？

「儂《わし》は人ではない、神じゃ」

……まじか。

俺はパカンと口を開けた。

そして、周りを見回して遠い目になる。

視界に入るのは、白、白、白。白一面の空間。

たとえ、雪国で吹雪に襲われたところで、ここまで白一色に染まるようなことはないだろう。

あぁ、マジなんだろうな……。

そう確信させられる風景に、溜息をついてしまった。

「もしかして俺ー……アナタのミスで死んだ、とか……言いませんよね？」

最近、ハマって読み漁っていたネット小説では、こんな状況の場合、大体そういう展開になっていた。

そんなはずはないよな、と苦笑交じりにそう言ってみると。

「その通りじゃ」

胸をはる老人。

……コイツ……絶対反省してねえ……。

「（言い）訳を聞きましょうか」

心の中で付け足した言葉は伝わっているのだろうが、あえて口には出さない。俺の溜息がさらに深くなる。

「えー……まぁ、ちょっと知らぬ間に、花瓶に生けてあった植物が儂《わし》の髭《ひげ》に引っかかってな」

……髭《ひげ》。

俺の死因は髭《ひげ》か、髭《ひげ》なのか。

ちょっとうなだれてしまう。

「……で、俺はどうなるんでしょう」

俺は、頭を抱えながら唸《うな》る。

「……ずいぶんあっさりしとるんじゃな」

驚いたように、神は長い眉毛から目を覗《のぞ》かせた。

「ん、まぁ……ここでウダウダ言ってても。俺は殺されても笑顔で赦《ゆる》すようなことはできないし、怒ってはいるんですけどねぇ。……ここでわめき散らしたら、元に戻してくれるわけですか？」

一気に言うと、神はまた驚いた表情。神と名乗るような存在が土下座して謝っているのだ。

元に戻すことができるのなら、最初から戻しているだろう。

「そうは言っても、普通の人間なら足掻《あが》くものなんじゃが」

ふーん、そうゆうもん？

まぁ、あっさりしてるのは俺が天涯《てんがい》孤独《こどく》の身ってのも理由なんだろうけどな……。

ふーと息を吐いて神様を見た。

「で、どうなるんです？　俺」

「すまんが、転生か消滅かを選んでもらうことになる」

消滅はないだろ！　それはひどい！

選択の余地はないも同然じゃないか。……仕方ない。

「……転生します」

俺がそう言うと、神様は深く頷いて「この度はほんとに……」とか言い出した。

ほとんど聞き流してしまったが、最後に「さすがにお詫びと言うか、何か願いを叶えさせてくれ」と結んだのが耳に入って俺は唸《うな》った。

それは、つまりネットで流行《はや》っているところの『チート』とやらをくれるということだろう。

魔力チート、体力チート、思い浮かぶチートはたくさんあるが、これだ、というのが見つからない。

それに、小説の主人公たちは大抵がその能力に振り回されたり、それが原因で厄介事に巻き込まれたりしていた。

それに何より、別に俺は無双がしたいわけじゃない。

何がしたいかと問われたら、人に好かれたい。愛されたい。望みが高すぎるか……そうだなー……まぁ、今みたいに嫌われたくはないわな……。

それに人生でやっちまったなって失敗は結構あったりする。経験を、生かすか。

「前世の記憶をすべてそのままにして欲しいです」

「それだけでよいのか？」

「まぁ、あんま高望みするとあとが怖いんで」

苦笑しながら答えた。

舌切り雀で欲張りなお婆さんが酷い目に遭った話は、幼児期の俺にとって衝撃的だったのだ。

「そうか」

神様は優しそうに笑った。

「では、いってらっしゃいませ、じゃな」

神様がそう言うと、俺の身体は温かい光に包まれた。

◆　◆

……で、転生したはずなのだが、どういうわけか、俺は今狭い空間に漂っているようなのだ。

あの神、またミスしたんじゃないだろうな。

——っ⁉

突如、世界が収縮し出す。

ひどい頭痛がして、何かに引っ張られるような気がする。

うへぇー、やべ苦し……死ぬ……っ。

「おぎゃあああああぁっ（痛ぇえええええええぇっ）」

急に、視界に光が溢れる。

……あ、もしかして今のが出産？

3

こうして見事な産声《うぶごえ》をあげた俺だが。

いや、マジで痛かった！

だってさ、この赤ん坊の柔らかい頭蓋骨《ずがいこつ》がすごい勢いで軋《きし》むんだぜ？

一瞬、またお花畑が見えたわ。

つーか、花瓶を思い出して鬱《うつ》な気分になった。

久しぶりに空気と光に触れたように感じて、クラッとくる。

右も左も分からないうちに——看護師だろうか？　助産師だろうか？——俺はぼんやりと視界に映るふくよかな影の手に包まれ、生ぬるい液体につけられた。

おぉ、これが産湯《うぶゆ》か。ん……気持ちい。

身体中にくっついてる血は母親の努力の証なんだろうが、正直早く落として欲しい。

「ゞ〆≧∞＋±♂％£＆＃＄」

ふくよかな人が俺を覗《のぞ》き込んで何やら言うが……うっわー。

当然の如《ごと》く、分からなかった。

あー、シクった。神様に言語の能力くらいつけてもらえばよかったかな……。

まぁ……今更悔《く》やんでも仕方ない。いきなり流暢《りゅうちょう》にしゃべり出して気持ち悪がられるよりはマシだと思うことにしよう……。

日本語覚えるのに苦労した覚えはないし、心配はないだろう。

そうこう考えているうちに、身体に急な浮遊感を覚える。

ふくよかな人に持ち上げられたようだ。背中に当たる柔らかい指の感触で納得した。

「※〒¢$¥#、#¢#゛。〃ー」

……うん。嬉しそうなことだけは分かったよ。

俺は母親であろう人に渡され、顔を覗《のぞ》き込まれる。

しかし、これだけ近距離なのに顔がはっきり見えん。生まれた瞬間は、光に慣れなくて見えないかと思ったが、どうやら違うらしい。

そういえば赤ちゃんは視力めっちゃ悪いんだっけ？　聞いたことがある気がする。

でも雰囲気からとにかく喜んでくれているのは分かった。優しく抱き締める腕から、大切にされているのも感じられた。

それだけで、すごく嬉しくて、幸せいっぱいの気持ちになる。

「#◇◎£¢≧、ウィル、＊◎#£%◇。&＊@%£%、ウィリアムス」

鈴を鳴らすような綺麗な声。

何回も聞こえたから分かった。そうか、俺はウィル——名前はウィリアムスか。

幾度《いくど》も大事そうに俺に話しかける声で実感した。

これが親の愛情なのか、と。

前世では得られなかったこの感情を認識できて、それだけで身体中が温かくなった。

納得のいかない事故ではあったけど、結果的には神様にちょっと感謝しようかなと思えるくらいに。

そう思うと、急に睡魔が襲ってきた。もう少し、この温もりを味わっていたいんだけどな……。

俺は抵抗を試みたが、赤ん坊の生理現象にあえなく敗北したのであった。

4

はっ。

と、目が覚めた。

うん、腹減ったんだ。

つまり、やばい、泣きそう。

でも俺は泣かない！

男は涙は見せないんだぜ！

「……ふぇっ」

……泣いてなんかいないさ。

ちょっと目から汗は出ちゃったけど、俺はなんとか堪《こら》える。

そして、まだ思うように動かない手足をじたばたさせてみた。

うーむ。柔らかい布団だ。いや、ベッドだろうか？

視界がぼやけていてよく分からないが、床より高い位置にある気がするので布団ではないと思う。

まだ首が据わっていないので、目だけをきょろきょろさせて周囲を見てみる。

赤と茶色を基調にした家具があって、ボンヤリと見える壁は白。天井も白だ。

あ、「知らない天井だ」っていうの忘れてた。

俺の読んでいた数々の小説では、よく主人公が取ってつけたように言っていたから、俺も機会があればぜひ言おうと思っていたのに……残念。

とか何とか考えて紛らわせようとしているうちにも、俺の身体は空腹を訴えている。

「……ぅえっ」

ダメだ、耐えるんだ俺。大の大人が迷惑をかけてどうする！

「……ぇうっ」

――もうダメだ！

「うぎゃあああああ」

すごい勢いで泣き出す俺。

あーあ、泣いちゃったよ、と恥ずかしくなるが、よく考えてみれば俺赤ちゃんだったー。

まぁいいか、と結構簡単に諦めた。

うん、何事にも諦めは大事だと思うんだ。

だって、これからあの時期が続くんだろ。

男としては、何とも羞恥な時期が……。

「%£%@〆▲▽☆ー？」

おおうっ！

優しく抱き上げられ、少し驚いているうちに口に何かが当たって反射的に吸い付いてしまう。

母親と思われる声が聞こえて、目の前にぼんやりと姿が見えた。

……あああ、いやあ、あの、本能ですから、他意はないですから、許してください！

って誰に釈明してんだ俺。

しかしそんなことを考えてる間も、俺は乳に吸い付いて飲みまくる。

ぷはぁ、呑んだ呑んだ。

え、字が違うって？　仕方ない、いま俺は混乱しているんだ。

ただでさえ前世では女子に避けられていて、女性には免疫がないのに。

俺、変な顔してないよな……？

自分の子供が乳飲んでにやけてるとか、気持ちわ……。

……。

うん、諦めは大事だよ……な！　うん！

飲み終わりましたよー、もう大丈夫ですー！　顔が大丈夫じゃなくなるんで、さっさと下ろしちゃってくださいませー！

アピールをするため、ぼんやりと認識できる顔をじっと見つめてみた。

うおっ。

持ち上げられ身体が母親に寄りかかるように抱っこされた。ポンポンと優しく背中を叩かれる。

おー、これでゲップをするのですね、お母様。

「……ゲプッ」

ちょっと恥ずかしいです……。

でも、ミルクを吐かないように頑張ったから、よしとする。

そしてベッドに下ろされるかと思ったら、お母様の腕に抱かれてゆーらゆら。

「▽&〆〃＊&＃%£¢¢」

なんか分からんけど、たくさん語りかけてくれてます。

ふぁ……眠っ……。

5

「おぎゃあああああああぁっ」

気を失いそうなくらい、痛かった。
初めての出産。
がんばれって励まされて、やっとの思いで産道を潜《くぐ》らせたけれど、限界だったわ。
視界が白くなっていたもの。
それが、元気のいい産声を聞いて一気に戻って来れちゃった。
……ふふ、将来はあの人に似て腕白《わんぱく》になるかしらね。
自然と口角が上がる。
メイド長のマリーが、私の子を大切そうに抱えて産湯につけて、丁寧に洗ってくれる。
しわくちゃな顔ね……かわいい。
……いま、気持ち良さそうな顔していたような……気のせいよね。
「元気な男の子ですね」
マリーは私の息子を覗《のぞ》き込んで嬉しそう。
お湯から小さな身体を持ち上げて布に包み、私の方に抱えてきてくれる。
「お母様ですよー」
マリーは自分のことのように、喜んでる。
そんな風にマリーが思ってくれることが嬉しくて、つい涙が滲《にじ》んできちゃった。
思わず涙を隠そうとして、マジマジと我が子の顔を覗《のぞ》き込むようにしたわ。

……不思議そうな表情をしたのも、気のせいよね？

しわくちゃねぇ……でも、本当に可愛い。

あら……？

「笑っているのかしら、ウィル、私の可愛い息子。あなたの名前は、ウィリアムス」

初めて授かったあの人との子。

嬉しくて、愛らしくて。

この気持ちが少しでも伝わるように思いを込めて、名前を何度も呼んだの。

そしたらね、もうウィルったら、幸せそうな顔をして眠り始めちゃった。

これは、気のせいじゃないと思いたいわ。

「よろしくね、私の可愛いウィル」

◆　◆

結局、幸せそうな顔をしたまま眠ってしまったウィル。

起きてるときも可愛いけれど、眠った顔も可愛いわ。

あの人譲りの銀髪に、私と同じ緑の瞳。

まだしわくちゃとは言え、あの人に似て、将来は期待できる整った顔をしているし。

早く目を開けないかしら？

スヤスヤと腕の中で眠るウィルをそっとベビーベッドに下ろした。

さて、出産で疲れたけれど、これくらい！　母は強いのよ！

……寝室から隣の部屋に行って、ウィルの着替えを取ろうとしたんだけど……。

やっぱり駄目だったわ。行くだけで疲れちゃった。

ソファにだらしなく座ってしばらく放心していると――。

「うぎゃあああああ」

突然、隣の部屋からすごい声。

あらあら、ウィルが目を覚ましたのね。

急いでソファから腰を上げて寝室の扉をそっと開き、ウィルのもとへ向かう。

「お腹が減ったのかしらー？」

ベビーベッドの中のウィルを見ると、すでに泣き止んでなんだか悲しそうな顔をしている。

ごめんね、待たせちゃったかしら。

ウィルを抱き上げて、胸元を広げた。

初めての授乳でドキドキする。

ちゃんと飲んでくれるかしら？

そんな私の不安をよそに、さっさと食い付いて当たり前のようにおっぱいを飲んでくれるウィル。

よかった、これでしばらく食の心配はいらないわね。って、それはちょっと違うかしら……。

黙々と飲んでいたウィルだったけど、しばらくすると満腹になったみたいで口を離した。

私の方を見つめて、もうよいぞ、とばかりに笑っているのは気のせいだと思うの。

……まさかね。

だって、さっき生まれたばかりの赤ん坊よ？　自分の意思を表現できるはずないわよね。

まぁ……でも、本当にそうだったら、うちの子は天才ね！

人生と子育ての先輩であるマリー（口が裂けても本人には言えないわね）に教えてもらった通り、私は恐る恐るウィルを左肩に抱きかかえた。

えーと、背中を優しく叩くんだったわよね。

数回叩いたところで、ウィルはきちんとゲップしてくれました。

「……ゲプッ」

地味……？

確か、はじめての子は吐いちゃったりするとか聞いたのだけど。

うちの子は優秀ね！

「お腹いっぱいになった？」

まだ話を理解できなくても、たくさん話しかけるのは大切なんだそうなの。

だから、たわいもないことをできるだけたくさん語りかけて。

愛情も込めて、ね。

抱っこして揺らしていたら、眠り出しちゃったわ。

あらあら、マイペースな子なのかしら？

まったく、なんでこんなに可愛いの？

6

まだ首が据わらない。

生まれてから何ヶ月経ったんだろうか？

とりあえず毎日の練習で手足と指はそれなりに動くようになってきた。

しかし……。

「あーうぃーうぇえーぉうー」

発音ができん……。

だから毎朝、母親が何かしら身支度をしている間にこうして練習をしている。

ちなみに今のは「あいうえお」のつもりである。

つーか、動けんのがつらい。手足をジタバタしてみるが、いまだ寝返りには成功していない。

「あら、ウィル。もう起きてたの？」

扉が開くと、母が驚いた顔で見下ろしてきた。

あ、そうそう。ここ最近の収穫と言えば、赤ん坊だからなのか、驚異的な記憶力を発揮し、周りの人がしゃべっていることが分かるようになってきた。

「んー！」

一応、返事しておく。

まぁ、普通の赤ん坊でも何かしら反応はするだろうから、多分不自然ではないはずだ……うん多分。

「ウィルは一人で泣かないでいい子ねー！　ミルクにしましょうか」

そう言って母は俺を抱き上げた。

母の名前はリリィと言うらしい。

はい、というかね。

もう慣れたもので、何の抵抗もなく朝食を取っている俺ですが、最近、視界がはっきりしてきたおかげで分かった事実があるのです。

……母、美人すぎる……！

十代のような白いもち肌に、綺麗なぷくぷくのピンク色の唇。シュッとしすぎない形のいい輪郭に、クリクリのおめめと綺麗な鼻がバランスよく配置されているのです。

これを絶世の美女と言わずして何と言う！　って感じです。

これは、俺も将来有望かなーと少し嬉しくなったが、もしかすると父親似かもしれない。

まだ父親に会っていないので何とも言えないというのが現状だ。

あ、ちなみに父親なんだが、何日経っても現れないから、これは複雑な家庭なのかー……と不安になってたんだが。

三日前くらいに、メイドさんぽい人が母に言っていた。

『よかったですね、奥様。旦那さまは領地を回り終わったみたいで、今ものすごい勢いでこちらに向かっていらっしゃるようです』

俺は安心した、そして嬉しかったよ。今世では、両親がいるって分かって。

ついでに言うと、この家は貴族らしい。そして更に言えば、父親は騎士のようだ。

貴族で騎士……響きがイケメンだから、少し期待している。

国の制度とか世界については、母親やメイドさん達の世間話からは分からないが、家の内装は中世ヨーロッパ風だから、そんな感じなのだろう。

「……んむ」

母親の……から口を離し、食事終了を主張する。

「あらウィル、もうお腹いっぱい？」

「ん」

そんなやり取りをしていると……。

「おおお！　ウィル！　生まれたか、コイツめー！」

扉がすごい勢いで開いて、大声が聞こえてきた。

「あら、キアン帰ってきたの？　――ウィル、あなたのお父さんよー、ほらキアン」

嬉しそうな母の声とともに俺は、父親のキアンに渡された。

危なっかしく俺を抱きかかえたその人は、嬉しそうな顔で俺を覗《のぞ》き込んだ。

「父さんだぞー、ウィル」

いい笑顔です。こっちもつられて笑っちゃうよ。

サラサラの銀髪に青い目。外国人風の顔立ち。

でもね。

なんで平凡顔なんだよー!!

よく見れば、前世の俺に似てるし……。

ここに来てから初めての絶望でしたよ、ええ、神様。

7

父さんの平凡顔が判明して計り知れないショックを受けた俺。

『すごくアナタに似てるわ』との母の言葉で俺は撃沈した。

こんなことなら、神様にイケメンにしてくれってお願いすればよかった！　と今更な後悔を一瞬だけする。

でも、あんな平凡顔の父さんが母さんをひっかけられたんだ。よくよく考えてみれば、顔が全てじゃないのかもしれない。

それを父さんが身をもって教えてくれたぜ！

思い出してみれば、前世でも、クラスメイトには言っちゃ悪いが、顔はよくなくてもモテていた奴はいた。

顔が、とかそれらしい理由をつけて簡単に諦めていたけど、もうちょっと積極的に行動していたら違ったのかもしれない。

うん。今世では、おれがんばる！

……と、無理やり前向きに考えて自分を奮い立たせてみる。

て言うか、母と父。

久々の再会で嬉しいのは分かるが、そこでイチャイチャしないでくれっ！

俺の傷心のハートが更に砕けるから……。

あ、「傷心のハート」って「外国人の人」みたいだわ。

前世では友人と色々言葉遊びしたなー……「外国人の人」にはじまり、「頭痛が痛い」「一番最初」

「豚足の足」とか。あとは、「カモシカの足のような足」……これはちょっと他のと遊びの種類が違うけどな。

「カモシカのような足」では、足そのものが一頭のカモシカの形をした、グロテスク極まりない状態を表してしまう、というのが友人の持論だった。

だから、「カモシカの足のような足」という言い回しをしたのだが……今考えてみると、なんであんなに馬鹿笑いしていたのか分からない下らなさである。

ちなみに俺が今こんなことを考えているのは、全力で気を紛らわせるためだ。

お隣に寝ている両親から、変な雰囲気なんて漂って来てない。決して来てないぞー。

嘘言うな？　ふざけんな殴るぞ。

よし、こういうときは睡眠だ、睡眠……。

◆　◆

必死に自分で暗示をかけているうちに寝てしまったらしい。

気がつくと、窓から白い光がぼんやりと差し込んできていて、あぁ朝か、と分かる。

隣は――……と、よかった。もうすでに二人は起きたあとのようだ。

最近だいぶ身体が言うことをきくようになって、自制というものができるようになってきた。

空腹を訴える腹をよそにボーっとしてみる。

ここまでくるのに長かった。頑張ったよ、俺。

まだそんなに経ってないって？　あのね、泣いて呼び立てるのは元日本人の俺としては忍びないやら恥ずかしいやらで、何の苦行かって感じなわけ。

長かったよー。

というわけで、この空腹を前に平然とする自分にちょっと悦《えつ》に入《い》る。

まだこの部屋だけが生活圏の「ざ☆ひきこもり」な俺だが、まぁ赤ん坊だから仕方ない。

ここは寝室らしいんだが、廊下に続く扉の他に、隣の部屋に通じる扉がもう一つある。

隣の部屋は着替えたりくつろいだりする部屋のようだ。

無駄にデカい部屋の真ん中に、やはり無駄にデカい両親のベッドが陣取り、その横——隣の部屋側にちょこんとあるのが今俺が寝ているベビーベッドだ。

まだ首が据わっていなくて、動こうにも動けないから仕方ないけど、首が据わったらまずはこの部屋から出たい。

この世界の、そしてこの家の情報が欲しいのですよ、奥さん。

しかし、第一の難関はこの柵だな……。

赤ん坊が落ちないように、ベッドの四方に柵が取り付けられている安心設計！

俺にはとってもありがた迷惑である。

でもさ、こんな中世ヨーロッパ風の部屋に、貴族や騎士とかいうワードですよ？　ワクワクしちゃわない？

ワクワクするよな！　いかにも異世界《ファンタジー》って感じだよな！

だから、今俺は必死で首が据わった後のために、腕と足の筋トレを行っている。

それに、発音練習も続けている。

「かーくぃーくーえーこぉー」

端《はた》から見れば、手足をジタバタしてるだけなんてことはないぞ。

「ひゃあ%イうーへぇ△ょ！」

サ行は苦手だ……。

「お、ジタバタしてるー！　もう起きてたのか？　泣かないのか？」

扉が開いて父さんが入ってきた。

ポスポスポスと絨毯《じゅうたん》を踏みつける音が三回聞こえて、俺は持ち上げられる。

今の俺が小さいせいか、体感では父さんは無駄にデカい気がする。

実際、一八〇センチは超えているだろう。

「母さんはまだ着替えてるから、父さんと遊んで待っとけよー」

嬉しそうな顔して頬擦《ほおず》りしてくる。

いや、嬉しそうなのは良いんだけどさ、痛い！

微妙に伸びた髭《ひげ》が痛いです、父！

「わんおいえぃひょっでおうおー！（ちゃんと髭《ひげ》そってこいよー！）」

抵抗するべく全力で手足をジタバタして叫ぶが、短い手足は父に届かず、顔にクリティカルヒットは与えられない……。

「おぉー、父さんに会えて嬉しいか、ウィルー！」

しかも上手くしゃべれないせいで勘違いしてるー！

くそっ……これからもっと発音練習しなきゃな！

おれがんばる！


その後、疲れてぐったりした俺は父さんになすがままにされ、母が来るまで大人しく遊ばれていました。

おれ……がんばる！

9

生まれてから、五ヶ月くらいは経っただろうか。

退屈な日々は終わった。

そう――首が据わったのだ！　わー！

そして、必死で毎日筋トレしてた甲斐あって、すぐにホフクゼンシンを習得。今ではなんとかハイハイっぽいのができるようになった。

うん、初寝返りが打てたときは本当に感動した。転生してからの一番の感動だった。思わず泣きそうになったぜ……。

しかし、そこからが大変だった。だって、ほぼ四六時中監視の目がある。

母さんとかマリーさんとか。後は、その他メイドさん達。

メイドさん達、だらしない顔で『かわいいかわいい、食べちゃいたい』とか言ってほっぺたつついてくるから、正直怖いんだけどな。

まぁ、平凡顔の俺がこんなに持て囃《はや》されるのも、子供のうちの特権だと思うことにしよう。

そして監視をかいくぐり部屋を抜け出……そうにも、まずベッドから下りられない。

このっ、忌々《いまいま》しい柵め！

最初は柵をよじ登ろうとするも、足の筋力が足りなくて、あえなく諦《あきら》めた。これは、掴《つか》まり立ち会得までは無理なのかな、と打ち拉《ひし》がれた俺だった。

柵を睨《にら》みつけ何分か。

そして、俺は気づいた。

柵に、扉がある！

木がパズルのように加工されていて、赤ん坊には開けられないようになっている。

しかし俺には頭《これ》があるぜ！

人差し指で頭を指してポージングを決め、ニヤリと笑う赤ん坊。

結果。

簡単でした。

下りるのは少し怖かったが、握力と腕力を駆使して柵の下にぶら下がったら、何とか足がついた。

「ふっ」

ハイハイをしながら、ベビーベッドを見上げて少し笑う。

うむ。達成感。

◆　◆

ベビーベッドからの脱出に成功したあの日から、俺は母やメイドさん達の目を盗んでは脱出し、屋敷内を動き回った。

そして繰り返しの涙ぐましい努力の結果、俺はこの広い家を制覇した！

よくここまで見つからずにやれたもんだ。自分を褒めてやりたい。

もしかしたら、俺はスパイとか向いているのかもしれない。

そして、大きな収穫。

この家には、小規模な図書館くらいの広さの書庫があった！

情報を求めていた俺のテンションは一気に跳ね上がる。

でも、しかーし！

そこで大きな壁にぶち当たった。

……文字が……読めん！

と、いうことで俺は転生モノでお馴染みのアレを実行しようと思い、今日も書庫に来ていた。

書庫の入り口付近の棚にある物を口に加えて進み出す。

犬みたいだが仕方ない。

これが一番効率がいいのだ。……ハイハイな俺には。


「あら、起きていたのウィル」

部屋に戻ると、今日も美人な母さんが、隣の部屋から絶妙なタイミングで寝室に入ってきた。

……ふぅー、アブね……。

「ん」

そして、持ってきた例のブツを差し出す。そう、定番の。

「絵本ね、どうしたのかしら……マリーが持ってきたのかしらね……ウィル、読んでほしいの？」

絵本を手に取り、一人で勝手に理由をつけて納得してくれた母に内心ガッツポーズ。

いよっ!! 待ってました！

と言わんばかりのテンションで、俺は返事をする。

「ん！」

◆　◆

「……めでたし、めでたし」

絵本の内容は正直ひどかった。

昔むかしから始まり、貧困生活を送るおじいさんとおばあさんが、ある日捨て子を見つけ、拾って育てたら、その子が魔力チートで世界を救って一家が金持ちになる、という話。

わけわからん。途中からいきなり魔法とか出てきたよ。日本昔話みたいな教育的な話かと思ってたら、いきなりファンタジー入るのかよ！

まさかの展開に思わずツッコミそうになった。

まぁそれはそうと文字は覚えられた。つか本当赤ん坊の脳味噌《のうみそ》すげぇな。

日本語のように平仮名とか漢字とか、いくつも表記があるんだったら大変だな、と思っていたら、アルファベットみたいな形式らしく簡単に覚えられた。

「あーう」

ありがとうのつもりで、一応母に話しかける。

「どういたしまして」

笑顔の母。……通じたよ……。

これぞ、噂《うわさ》に聞く母の特殊能力という奴か。


そして、それからの俺の日々は、筋トレと発音練習と極秘捜査（読書）の繰り返しになるのだった。

10

首が据わって早数ヶ月。あと少しで一歳になるそう。

発音練習の成果もあり、何とか話せるようになった！

それに、無事掴《つか》まり立ちを覚え、俺は結構この世界のことが分かってきた。

まぁ、分かったといっても、あくまで文字を通してだけど。

この世界自体には名前はないらしい。考えてみれば、前世だって地球にいたって認識はあるが、あくまでそれは星の名前なのであって世界の名前ではない。

とすると、この世界に名前がなくてもおかしくはないだろう。

それともう一つ、この世界には魔法がある！

母さんに最初に読んでもらった絵本、支離滅裂《しりめつれつ》な話だと思っていたが違った。実はあれは結構有名な童話らしい。

つまり、この世界では魔法が存在していて、誰でも使える！　魔力量に個人差はあるみたいだが。

これを知ったとき俺のテンションは鰻登《うなぎのぼ》りに上がった！

キター!!　と叫びそうになった俺に、地球にいる誰もが賛同してくれるに違いない。

こうなったら、使ってみるっきゃないよな！

だって魔法だぜ！　魔法！

子供のころ誰でも一度は憧れただろ！

と、いうわけで今日はこれから実験です。

いつもの通り、ベッドから抜け出した俺は書庫に来ていた。

たぶんメイドさんたちが駆けずり回って俺を探しているけど、そんなの知らないもん！

俺には今、大きな使命があるのだ。

「よっしゃ」

床にぺたんと座ったまま一人で気合いを入れて、本を手に取った。

『魔法　サルでもわかる基本編』

捻《ひね》っているんだかいないんだか、よく分からないタイトルだが、人を馬鹿にしたようなこの名前の本に魔法という夢がつまってるってのは、すごいもんだ。

興奮しながらも、じっくり読んでいく。

「ふむふみゅ」

噛《か》んでなんかいないぞー。

『魔法の基本
一、魔力を感じましょう：魔力は常にあなたの体内および周囲に存在しています。
二、魔力を操ってみましょう：魔力を感じられたら、流れを作ってください。慣れてきたら、手の上などに集めてみましょう。
三、魔法を使ってみましょう：魔法には詠唱と魔力が必要です。詠唱に関しては、次ページからの［詠唱編］で！』

ふむふむ……オーソドックスだな！

ファンタジーだ！

ていうか、俺が読んでたネット小説とかのまんまだわ。

……地球人の想像力……恐るべし。

早速、本の通りに練習してみることにした。

前世の記憶があるからか、一に関してはすぐに分かった。

身体の内側と外側から感じる温かい何か。前世では感じることのなかったもの、これが魔力という奴なのだろう。

まるで器官が増えたみたいだ。腕がもう一本生えてきた！　みたいな。

えーと……次は、流れを作る、か……。

魔力は身体の内外を漂っているのだが、不思議なことに俺の一部という感覚がある。

う……う……うごけぇ……。

四苦八苦していると、不意に脈を打つような感覚で魔力が動いた。

よしキタ！

動かす感覚が掴《つか》めればこっちのものである。

「ぬぬぬ……」

初めての、くすぐったいような柔らかいような不思議な感覚に唸《うな》りながら、魔力を手に集めた。

ほのかに温かい気がする。魔力って生命力のようなものなのだろうか？　生命力って温もりっぽいもんがありそうな気がするし。

いったん溜まった魔力を散らしてから、ページをめくる。

『詠唱編
魔法を発動させるには、詠唱か魔法陣が必要です。無詠唱でもできますが、消費魔力が馬鹿高い！　干からびたくなかったら、真面目に詠唱を覚えましょう。ただし詠唱をする際にはイメージが大事！　ここ、試験に出ますよ！（笑）
魔法陣も対応させて書いておきました。暇ならやってみたらいいと思う。
でも書き順むずいし、書く暇あったら口で言った方が早いから、やっぱ詠唱がオヌヌメかな☆
実際に詠唱してみると自分の属性適性もわかるから、試してみるのが重要よ！』
なんだこの導入。ノリ軽いな、つーかオヌヌメって……と視線を隣のページに向けたときだった。
……え？
《火》……？
俺は目を疑った。詠唱と対応して書かれた魔法陣は、どう見ても漢字の「火」だったのだ。
いや、まさか、と思い、次に書かれている詳しい説明を読み進める。
『《火》：読み方　ヒ
火が発生します。使う魔力で大きさが変わる。初心者ならまずはコレ！　ちょっとだけ魔力を使って早速やってみよう』

うん、マジだった。日本語わらわらわら。漢字わらわらわら。

なんだ、このご都合主義な展開。

しばらく固まっていた俺だったが、まあ立ち直りが早いのは数少ない俺のいいところだ。

気を取り直して、先を読んでいく。

『あ、詠唱する前に注意！　個人にはそれぞれ適性属性があります。属性は基本ひとり一個だけ。もし二個以上の属性の魔法を使えたら、王宮へレッツゴー！　魔法の天才として大物になれるわよ！

もし詠唱しても発動しない、とかでも落ち込まないで！　他の属性がある！　この本の詠唱間違ってるとかケチはつけてくんなよ』

だから、このテンションは何なんだろう。激しくうざい。

おお、火、水、土、風の属性魔法が多くてー……その他に光、闇、空なども ある、と。未確認のもあるらしいが、研究所とかでやってるクソむずいことだからサルには関係ない、と。

……おい、作者。何やってんだ、読者にサルとかひどいだろ。確かにタイトルに『サルでもわかる』とか書いてあるけどさ！　ねえ！

まぁいいや……。とりあえずやってみよう！

本のテンションに振り回されてちょっと疲れてしまったが、何だかんだ言って俺はわくわくしているのだ！

無駄に咳払《せきばら》いとかして、かっこつけてみる。

手を前に差し出し、ピンポン球《だま》大の魔力を集めた。

魔力の塊を見ながら、ぼんやりと魔法を使う俺を夢想する。

オラ、わくわくすっぞ。

そして、詠唱。

「《火》」

ボッと音を立てて、空中にピンポン球大の火の玉が現れた。

キターーーーー!!

おめでとう俺！　ありがとう俺！

魔法使っちゃったよ！

上がりまくるテンションのおかげで、思わず火の玉を落としそうになった。

……あっぶね……。

冷静になって、分析してみることにした。

とりあえず、俺には火の属性があるみたいだ。

安心。魔法が全然使えなかったらどうしようとか、ちょっと思ってたし。

そういえば、イメージが大事だと書いてあったな。

もう一度ピンポン球大の魔力を手の上に集め、今度は詳細にイメージする。

想像するのは、燃え盛るキャンプファイヤー。

……前世の俺は、同学年の全員でキャンプファイヤーを取り囲んでいるのにもかかわらず、ぼっちというむしろすごい奴だったけど。

当日はミニゲームをするから、と先生に練習させられて、本番で隣の女の子と手を繋いだときに、周りからすごい視線を向けられてさ。

炎に照らされてじゃなくて、ガチで顔が真っ赤になってる女の子と手を繋がなきゃいけないとか……もう泣きたかったよね。あれ、絶対怒ってたか羞恥心に耐えてたかだって。

だってミニゲームの相手決めのとき、クラスの女の子たち必死な顔でじゃんけんしてたしね。

教室でこそこそやってたけど、そのとき俺の名前も時々漏れ聞こえてたからさ。

きっと罰ゲームだったんだ……。

……と、今はそんなことどうでもいい！　何考えているんだ俺！

今は、過去・現在・未来の全部の俺が憧れに憧れていた、あの！　夢の！　魔法に対面しているんだぞ！

脱線してどうする。

よし、気を取り直して、と。

俺の魔力は燃料になって空間の温度を上げ、周囲の酸素を取り込みながら真っ赤に燃え上がるのだ。

そして、その炎が塊《かたまり》となり、宙に浮かぶ。

俺の魔力を燃料にしているのだから、宙に浮くのは当然のことだ。同じように球体を取るのも当然のこと。

パチパチとゆらめく炎を確かなイメージとして頭に描くことができて、ようやく俺は口を開いた。

「《火》」

ボフッと大きめの音がなり、バレーボール大の火の玉がでてきた！

「のぁっ」

驚いて、慌てて火の玉を消す。

だってさ、この身体まだ一歳程度なんだよ、手の上にバレーボールなんて載ったら顔に近いって！

それにしても、やっぱりイメージは大事なようだ。

納得して、今度は手じゃなく空中に魔力を集めてから詠唱することに。

もしかしたら、赤じゃなくて、青い炎も出せる？

思いついたら即実行。

コンロの火を思い浮かべながら詠唱すると、思った通り青い火の玉。

「しゅごい」

思わず呟いた。か、噛《か》んでなんかいないぞ。

これ動かしたりできるのかな、と思ってやってみると、魔力を動かすように火の玉も動かせた。

遊園地のお化け屋敷にいそうだな。


楽しくなって色々魔法の実験をしてたら、時間的にヤバくなってきた。そろそろ部屋に戻らんとメイドさん達に本気で心配されてしまう。

最後には調子に乗って、火で龍とか造形しちゃったんだぜ。

火龍とか……中二病くさいとか言わない、そこ！

窓の外を見ると、太陽が高い位置にあるのが確認できた。昼飯昼飯ー！

扉をそっと開いて隙間から覗《のぞ》き、廊下に人がいないことを確認して書庫を出る。

あ、勝手に書庫と呼んではいるが、ここも家の部屋の一つだ。

まぁ、天井まで届く本棚が部屋いっぱいにあるんだけど。

これからしばらくはベッドから抜け出さなくてもいいかもな。寝室で特訓だ！

◆◆

「あら、ウィル！　もういつもどこかに行ってー！」

メイドさん達に見つからないよう、寝室の隣の部屋を通って戻ろうとすると、その部屋には母がいた。

母は俺を見つけるなり、駆け寄ってくる。

「全く……似なくていいところが、あの人に似ちゃったわね」

溜め息をつきながらも、楽しそうな目をしてますが母さん。

「かぁしゃん」

気を取り直して話しかける。

「なぁに？　ウィル」

「かあしゃん、まほ、ちゅかえう？」

たどたどしくて馬鹿っぽいしゃべり方になってしまうが、これでも頑張ってるんだぞ！

そこは見た目一歳児ということで勘弁してくれ。

「あら？　どうしたの急に」

少し驚いた様子の母さん。

「だってね、えほんでちゅかっちぇらの、まほ」

書庫でガッツリ魔法の本を読んで気になったから、とは言えず、適当な理由をつける。

「あらら、それで外に出ていたのかしら？」

しゃがみ込んで楽しいことを見つけたように、ニヤリと俺の顔を見てくる。

……やはり我が母ながら美人だ。

動揺がバレないよう、俺はこくんと頷いた。

「そうなの。さすがウィルね！」

満面の笑みを浮かべた母に頭を撫《な》でられる。

この前まで高校生だった俺には気恥ずかしいのだが、とても嬉しいので、いつもへにょっとした情けないにやけ顔で、なされるがままになっているのだ。

「えへへ」

俺が照れ隠しに笑うと、突然母さんは撫《な》でていた手を頭上に上げた。

「《水》！」

詠唱した。っていきなりぃぃ！

「わあああ！」

純粋に感動して叫ぶ。

母のいきなりさ加減はいつものことだから置いとこう。

それより、綺麗だったのだ。

魔法で生み出された水が、細かいしぶきになってキラキラと宙に浮いているのだから。

「驚くのはまだ早いわよ」

そんな俺を見て、不敵に笑う母。

「お父さんはもっとすごいんだから」

へ……マジ？

11

とっても綺麗な笑顔です。お母様。

……って、そうじゃなくて！

父さんがすごい!?　あの親バカで平凡顔なあの父が!?

「……ほんちょ？」

思わず訝《いぶか》しげな表情をしてしまった俺を責めないでほしい。

だって、俺のところに来る父さんと言えば、常に親バカ全開でニコニコ笑っていて、無精髭《ぶしょうひげ》をこすりつけてくる平凡顔の青年なのだ。

「疑ってるのね？　ウィル、もうこの子は」

あ、バレた。

えへへ、と笑って誤魔化《ごまか》しておく。

「お父さんはダブルなのよ？」

「……だぶゆ？」

聞き覚えのない単語に疑問の声を一応あげた俺だが。

まあー、さっき読んだ本の内容から、なんとなく察しはついてしまった。

しかし、あの父さんがな……ありえるのだろうか。

と、失礼なことを考えていると、背後でいきなり扉が開いた。

父さんの意外な一面に驚いているうちに身体が持ち上がって、更にびっくりする。

「おうとも。父さんはすごいんだぞ」

そう言って頬擦《ほおず》りしてきたのは、父さん。

あ、髭《ひげ》そってあるね。

この前ひげいたいって目を潤ませて言ったからかな。そこ、狙ってやっただろとか言わない。

これは身を守るための行為であり、つまりは正当防衛なのである。ブリッ子ではないのだ。

「あら、執務室にいたんじゃなかったの？」

「あぁ、もう今日の仕事は終わった。と言っても、今日は珍しく軽い書類仕事しかなかったんだが」

「あらぁ。珍しいこともあるのねぇ」

「神様がウィルと遊べと言っているのかもしれないなぁー、うりうりうりぃ」

そんな両親の会話が頭上で行き交う。

抱き上げた俺に頬擦《ほおず》りし続ける父さん。

……この親バカがだよ……すごいの？　まじすか？

思わずジト目になる。

信じたくはないが、思考停止していても何も始まらない。ということで気を取り直して。

「……だぶゆってなぁに？」

生まれたての頃は叶わなかったが、今は父さんの顔に手が届く。顔を掴《つか》んで遠ざけながら、俺は口を開いた。

まだ名残惜しそうにしている親バ……父さんだったが、俺をソファまで運んで座らせると、嬉しそうに話し始めた。

「もう魔法に興味を持つとは！　さすがは俺の子だなー！」

「私の子でもあるわよ！」

まぁそんな感じで夫婦のよく分からない言い合いが始まったので、話は脱線しまくり、本題に入るまでしばらく時間がかかった。

◆　◆

話をまとめると、こんな感じだ。

さっき読んだ本の通り、魔法には属性があって、基本的には一人一つの属性適性がある。魔力量が多いと他の属性も少し使えたりするが、適性のない属性の魔法は魔力の消費量が馬鹿にならないらしい。

しかし、俺の予想通り、父さんは二属性の適性を持つダブルというエリートさんだというのだ。

ちなみに父さんの適性属性は、一番適性人口の多い火と、もう一つは風。

父さんの父さん——つまりは俺の祖父の知人のもとで、父さんは冒険者として修業してたそうな。

その時に大仕事を成し遂げて、国の騎士団にスカウトされ、いまや騎士団長の地位にあるらしい。

……なに、このチート野郎。

顔は俺と同じ平凡なのに、なにこの差。

でも、それ以上に自分の父親がすごい人で、国で認められるほどだと聞いたら、嬉しくないはずがない。

それに、「冒険者から騎士団に入った」とか、なんのファンタジー。

俺の脳内は、そんな異世界ワード達に刺激されて、フィーバー状態である。

「とぅしゃん、しゅごーーい！」

「ははは！　そうだろう、すごいだろう！」

そんな俺のリアクションに嬉しそうな父。

明らかに機嫌がいい。なんだか今、いけそうな気がするー！

俺は調子に乗って、攻撃魔法『上目遣い』を使うことにした！

「とぅしゃん、ぼくもまほやりちゃい」

「そうかそうか、父さんみたいになりたいか、偉いなウィルはー」

「とぅしゃん、ぼく、まほーやりちゃいの！」

「んー、ウィル。今はまだ魔力量が足りんだろうから、大きくなったらな」

そう言って俺の頭をわしゃわしゃと撫《な》でる。

……えー？　いや足りるんだけどな……。

もしかして、あんな程度じゃ、しょぼいから魔法と呼べるレベルじゃないってことかな……。

「なんれ、できにゃいにょ？」

めちゃくちゃ噛《か》んだが気にしない。気にしないって精神は、結構大事だ。

「ウィルは良い子だからやらせてやりたいんだが、一歳では魔法を使えても小さな火種を作るほどの魔力量はないんだ。大きくなるにつれて魔力は大きくなるから、せめて十歳になったらな」

そう言って諭《さと》す父。

……ん？　今、何て言った？　小さな火種の魔法を発動させるにも魔力量が足りない？

父さんに限って嘘は言わないだろうから、これは世間では当たり前のことなのだろう。

……でも……いや……さっき使えたぞ……？

はっとして、自分の手を見る。魔力は、今も感じられる。

もしかして、俺……すごい？

ぱっと父さんを見上げて、俺はにぱっと笑った。

「あい。じゃあ、まちゅ」

ふっふっふっ……びっくりさせちゃる！　こうなったらひとりで魔法マスターしてやるぜ！

その後、ソファから逃げ出すも、また父さんに捕まって頬擦《ほおず》りされたのは言わずもがなである……。

うぅ……。

12

父さんのチートっぷりが分かったあの日から何日か。

一歳になりました。

屋敷でささやかな誕生日会が開かれ、母さんからは絵本、マリーさんからは人形をいただきました。

うん、正直いらんけど。

でも誕生日を祝ってくれる人がいるということだけで、本当に嬉しかった。

……思わず母さんに抱きついたのは内緒な。

父さんは、と言うと仕事の関係で急いで出かけなきゃいけないらしくて。

「プレゼントは戻ってから渡すから、楽しみに待ってろよ」

と言って、いい笑顔で去っていきました。いや、死亡フラグじゃないからな。

あの笑顔、嫌な予感しかしないが……期待せずに待っておくことにしよう……。


それが、昨日の出来事だ。

初めて魔法を使った日以来、俺は人がいない間にこそこそと魔法の練習を重ね、かなり火を使いこなせるようになった。

何度か母さんに見つかりそうになってヒヤッとする場面があったぜ。

だって、いきなり部屋に戻ってくるんだもの。

扉がガチャリと開いた瞬間に消火して、何気ない顔してるの大変だったよ。

しかし、ここまで隠し通せるとは、やっぱ俺にはスパイの才能があるらしいな。ふふ。

——そして今日は新たなことに挑戦する！

父さんがダブルということは、俺にも魔法の才能があるかもしれない。

魔法は日本語だから、苦労して魔法の本を読まなくても分かる。

寝室の隣の部屋で、人の気配がしないことを確認すると、ソファに座って小さく呟く。

「《水》」

実は、火はもう無詠唱でも完璧だ。

久しぶりの詠唱にドキドキしながらやってみると、ポワンと可愛い音がして水の球が空中に現れた。

来たこれ！　すごいわ、さすが父さんの息子！　俺もダブル！

「ひゃっほーい」

ついつい嬉しくてソファの上で飛び跳ねてしまった。

調子に乗った俺は何も考えずに他の属性魔法の詠唱を連発した。

「《土》！　《風》！　《光》！　《闇》！」

ポンポンポンポンとリズムよく出てきた玉たち。

……え？

結果。

全部できました！　きらっ。

「……まじか……」

ここまでくると現実味がなくて笑えてきた。

これは夢だ！　……と思ってみても、目の前には土の塊と渦巻く風の塊と、光る何かとブラックホールみたいな球が浮いている。

「……すごしゅぎにゃい？　おれ」

呟いて、呆然とする。

しばらくして、はっと気がつき四つの球を消したところで、漸《ようや》く現実を受け止めた。

「キターーーー!!」

叫んだ。だってすごいじゃん、楽しそうじゃん。詠唱日本語だし、もしかすると、昔テレビアニメで見た、ポケットから便利な道具を出す青いタヌキロボット的な奴になれるかもじゃん。

わくわくしてきたっ！

勢いよく拳を天に突き上げる。

そこで、ふと思い出す。

神様にチートなんてもらってない……はずだよな。

しかし、そのポーズで固まっていたのがマズかった。

ガチャリと扉が開いて、マリーさんが部屋に入ってきた。

ちょうどドアに向かって立っていた俺。

目が合う。

「……」

「……ウィル坊ちゃま……」

言いたいことは分かる、だがその先は言わないでくれっ！

イタい子みたいなこと言わないでくれっ！

「マリーしゃん……どーちたの？」

上げていた拳をゆっくり下ろしながら、マリーさんをじっと見る。なんとか誤魔化《ごまか》そうと、子供らしく首を傾げるオプションつきだぜ。

珍しく、ぶっという音とともに顔を背けたマリーさんがいたなんて、そんなことはなかったぞ！

た、多分。

ひどいや！　よくよく考えたら一歳なんだから、これくらいは愛嬌だと思って許容してくれや！

……あ。もしかして、マリーさんのリアクションの理由は、貴族の子供としてはしたないからとかかな……以後気をつけます。

「……コホン。ウィル坊ちゃま、食堂で昼食の準備が整いました」

「あい。わかりまちた……」

笑いをこらえて震えるマリーさんと沈む俺。……気になんかしていない。

マリーさんと手をつないで、食堂というクソでかい部屋に向かう。

そう、俺は乳離れしたのだ！　まぁ、食事はまだ離乳食に近い柔らかいものなんだけどね。

長い廊下を歩いて食堂の前に着くと、マリーさんが扉を開けてくれた。

「ありがちょ……」

そう言って中に入ろうとした瞬間、何かが俺に突進してきた。俺は反射的に後ずさるものの、あえなく捕獲される。

「へぶっ！　とうしゃん……」

「おお、帰ってきたぞ」

父さんは俺を抱き上げると、わしゃわしゃと頭を撫《な》でた。

「おかえりなしゃい」

あぁ嫌な予感がする。てか、父さんが帰って来てたんなら教えてくれればいいのに、と思ってマリーさんをちらりと見る。

目をそらされた。……ガーン。

「待っていたか、ウィル。父さんが取っておきの誕生日プレゼントを持ってきたぞー！」

にかっと笑う父。

そして、懐からカードのようなものを取り出した。

「父さんとたくさん遊べる券だ！」

「ひゃあああっ」

やっぱ嫌な予感当たったわ！

「ひげ、いたい！」

「おぉ、ごめんご」

「たかいたかいは、こわい！」

つか、ハズいわ！

「遠慮するなって！」

「のぅあっ」

「それそれっ」

「ぎゃあああああ」

「よし、じゃあ鬼ごっこだ！」


数分後。

そこには、息絶えて床に伸びる俺と、やけに肌がつやつやした父キアンがいるのだった。

体力をつけよう。

俺はそう強く決心した。

13

ベリル家と言えば、国民の誰もが憧れる騎士団長キアン様が当主でいらっしゃる貴族の名家です。

そこで私がメイドの長として勤めて何年経ったか……。

先日、ご子息ウィリアムス様がお生まれになりました。

ウィリアムス＝ベリル様。

旦那様譲りの綺麗で柔らかな銀髪に、奥様譲りの緑色の瞳。その輝きは宝石のようです。

切れ長気味の目に、筋のうっすら通った鼻、薄く形の良い唇。すべてが絶妙なバランスで配置されていて、将来はさぞ、旦那様も超える美形に……おほん……。

先日、一歳の誕生日を迎えられたのですが、とてもお可愛らしくていらっしゃいます。

この間なんてメイド達がウィル坊っちゃまを取り囲んで、かわいいかわいいなんて言ってほっぺたをつついていたのです。ありえないわ、わたしにもやらせなさ……おほん。

そんなウィル坊ちゃまですが、神童という他ありません！

顔もよくて頭もいい、おまけにキアン様のご子息ということは運動もできることでしょう！

非の打ちどころがないと言わずして何と言うのでしょう！

たとえば、言葉。

思えばまだ首の据わらない時期から言葉を理解していらっしゃったようで、私が話しかけると、ウィル坊っちゃまなりに受け答えをなさっていた気がします。

しかし、その頃のウィル坊ちゃまは、ときどき妙な歌を歌っていました。

「あーいーうーえーおー」

と、必ず五音ずつ歌っているのですが、規則性があるようで……何か意味でもあるのでしょうか。

今のウィル坊っちゃまは普通に会話をしてくださるのですが、あの歌は謎のままです。

それに、歌を歌っていた頃のウィル坊っちゃまには、放浪癖がありました！

私達メイドが一瞬目を離した隙に、器用にもベビーベッドを抜け出して、どこかへ行ってしまうのです。まったく……毎日どこに行っていらっしゃったのでしょう。

でも、最近、ウィル坊ちゃまの放浪癖は直ったようです。旦那様がウィル坊ちゃまに何かお教えになった後からでしょうか。

さすが旦那様ですね。

明日は、旦那様が領地の査察からお帰りになる予定です。

さて、そろそろ寝ますか。

明日のウィル坊ちゃまは、どんな反応をなさるのでしょうか……楽しみです。

◆　◆

「ふあああ」

よく寝た、よく寝た。

メイドの朝は早い。しかも、私はその長です。

寝坊は許されません。

首をぽきぽきと鳴らして、ベッドから下りて靴を履きます。

鏡の前に立って、長くなった髪はいつものように引っ詰めにしました。

……はぁ、老けたわね……目尻がー……法令線が……。

それも四十にもなると仕方ない、と諦めるしかないのでしょうね。しかし、私の脳裏に浮かぶのは、この家の奥様リリィ様のお姿。

リリィ様が四十になったお姿を想像して……ええ、いけません。考えてはいけないことです。

そもそも、リリィ様と自分を比べること自体、おこがましいですわね。


旦那様がお帰りになったので、ウィル坊ちゃまをお呼びしようとしたところ、旦那様に止められてしまいました。

サプライズにするんだ！　と張り切っていらっしゃいます。ご対面は昼食の時に、とのことです。

昼食までにはまだ時間があるので、本当はすぐにでもウィル坊っちゃまの遊びのお相手をさせていただきたいのですが……。

『マリーしゃんはおしごとがありゅんれしょう。ぼく、だいじょうぶらから、ひまになっちぇかられいいれすよ』

との坊ちゃまのお言葉で、家事を終えてからでないと坊ちゃまと遊べません。私を気遣ってくださっているはずなのに、有無を言わせぬ何かがあります。

私は超特急で余すところなく家中を磨き上げ、書類の整理をいたしました。全ては坊ちゃまの遊びのお相手をさせていただくため！

……しかし、思ったよりも手間取ってしまい、残念ながら昼食の時間になってしまいました……。

気落ちしながら、坊ちゃまの定位置である寝室の隣の部屋に向かっていると。

「――――！」

廊下にまで坊ちゃまの楽しそうな声が聞こえてきました！

珍しい！

坊ちゃまは、普段とても落ち着いておいでで、はしゃいで声をあげることはほとんどありません。ましてや、駄々をこねて泣き出すなどとは無縁。

お世話させていただく身としては淋しいのですが、さすが坊ちゃまとしか言いようがありません。

ああ！　しかし、何をしていらっしゃるのでしょう！

気になって仕方ありません！

コンコンと軽くノックをして勢いよく扉を開けると。

「……」

「……ウィル坊ちゃま……」

片手を突き上げて楽しそうにポーズを取る坊ちゃまと目が合ってしまいました！

可愛い！　可愛すぎる！

可愛さのあまり言葉を失いました。

「マリーしゃん……どーちたの？」

上げていた拳をゆっくり下ろして、じっと見つめる坊ちゃま。

やや、危ない。考えていることが顔に出ていたでしょうか……。

そして、坊ちゃまは首を傾げます。

あ、鼻血が。

思わず顔を背けてしまいました。

「……コホン。ウィル坊ちゃま、食堂で昼食の準備が整いました」

「あい。わかりまちた……」

……可愛すぎる。これは何の拷問ですか！

抱きつきたい衝動に思わず震えてしまいます。

無心、無心……。心を無にするのです、マリー。

部屋を出て坊っちゃまと手をつなぎ、私は震えながら廊下を歩きました。

しかし時は残酷。食堂に着いてしまったので、扉を開けました。

「ありがちょ……」

坊ちゃまは、メイドである私達にも感謝を忘れない優しい方です。

でも舌足らずで可愛すぎます。

打ち合わせ通り、旦那様が坊っちゃまに駆け寄っていきました。

旦那様に抱きかかえられた坊ちゃまがこちらに視線を向けていますが……可愛すぎます！

わかっていますわよ！　早く旦那様にお会いしたかったのですね！

14

子供の仕事は、遊ぶこと、食べること、寝ること。

俺はおおいに子供を満喫していた。

たまに父さんと庭で遊んだり、マリーさんに絵本を読んでもらったり、母さんと積み木やったり。

あとはみんなの目を盗んで魔法の練習をしたり。

もう大人と同じものを食べられるようになった俺は、貴族の食事に舌鼓《したつづみ》を打ちまくっている。

ただちょっと、素材が高級なのは分かるんだけど、上品すぎて味気ないと思うこともあるし、ジャンキーな味が恋しくなることもある。

そんな俺も、ついに今日、三歳になる！

来たぜ、三歳！

実は、この世界に生まれてからすぐに、俺は自分の中でルールを決めていた。

三歳、三歳だ。

知識欲や言動は三歳までは年相応に見えるよう頑張って振る舞う。

前世の記憶から、三歳からなら色々な知識欲をもっていても不思議でないと判断してのことだ。

正直、この三年間メイドさん達から聞く父さんの武勇伝や、国のゴシップネタが気になって仕方がなかったのだが……。

その区切りが今日来るということもあって、俺は今非常に興奮している。

いや、別にパーティーが楽しみだとか、プレゼントにウキウキしてるわけじゃないんだからね！

◆　◆

「ウィル坊ちゃま」

マリーさんが俺の手をひいて、扉を開けた。

「頑張ってください」

俺にそう声を掛けると、マリーさんはさっきまで俺たちがいた控え室に引っ込んでしまった。

そう、今夜は俺の誕生日会兼お披露目会。

俺は、うちで一番広い部屋に作られたステージの舞台袖で待機中なのである。

三歳という年齢でのお披露目は早いらしいが、貴族のお約束だな……というのが聞いたときの俺の感想だ。

名門のベリル家の嫡男の誕生日ということで、国の重臣や貴族を招いての盛大な立食会をするらしい。

……うひゃー、すげぇ、貴族っぽい……まあ、俺も今やその貴族の一員なんだけども。

生憎《あいにく》と前世では何の変哲もない一般家庭で育ったわけでありまして。俺は庶民ハートの持ち主なのである。

挨拶回りとかするのか？　腹のさぐり合いとか、狸《たぬき》の化かし合いとか……？

と、まぁ、色々心配した俺だったが、三歳という年齢もあり、俺の御役目は、始まりの挨拶だけ。

うん、安心したよ。だよね。

大体三歳児の腹って何だよ。怖いよ。

袖から会場をこっそり覗《のぞ》き見ると、人、人、人……。

部屋には赤いカーテンが掛けられ、うちでは珍しく華美な金色の装飾がちりばめられている。

慣れないことに緊張するが、俺はいま三歳だ。無邪気にやりゃ、なんとかなる。

失敗しても所詮《しょせん》は子供のやることと大目に見てもらえるだろう。

子供万歳！

意味不明な納得をして、なんとか平常心を保つ。

重臣なんていない。貴族なんていない。みんなかぼちゃだ！

そう、かぼち……いや、あの人はかぼちゃって言うよりか卵だな。

会場に、太ってコロコロしたおっさんを発見してしまった。

うむ。自分で考えておいて噴き出しそうになった。おかげで緊張はほぐれたが。

ありがとな、卵のおっちゃん。今日から俺の心のハンプティ・ダンプティはアナタだよ。

とか何とか失礼なことを思っているうちに、父さんの挨拶は終わって、俺の名が呼ばれてしまった。

男は度胸だ。俺は手の平に卵と三回書いて呑み込むと、意を決して舞台袖からステージへ出て行った。

『おぉっ』

一気に集まる視線を感じると、すぐに驚きの声があがった――って、え⁉

え、え、俺なんか変？　いや、何かついてる？　もしかして、服が破れてるとか？

呑み込んだ卵はどこへやら、超テンパってしまったが、なんとか表情を崩さずにステージの真ん中まで姿勢を正して、ゆっくり歩いていった。

正面を向く。

卵が見えた。……ふぅ……落ち着いたぜ。

「しょーかいにあずかりました、ウィリアムス＝ベリルです。ほんじつはわたくし、さんさいのたんじょうびにごそくろういただき、まことにありがとうございます。つきましては、このよるをこころゆくまでおたのしみいただければ、うれしくおもいましゅ」

どよめきが起こる。

うぅっ、くそっ、噛《か》んだ！　恥ずかしいぃ……。最近はやっと噛《か》まないようになってきたと思っていたのに、これだ。

くそぅ。

いや！　でもいいじゃないか、まだ三歳だぞ！

……それともやっぱ、貴族ってのは幼児のうちからもっとちゃんとしなきゃいけないのかな……。

貴族ってこわい。

うなだれるあまり床にへたり込みそうになるのを我慢しながら、最後の力を振り絞り、にこっと微笑を顔に貼り付けて、ゆっくりと優雅に見えるようにお辞儀をした。

「それでは、はじめましょう」

父さんの一言で、部屋の明るさが増した。

……この光は魔法でやってるのかな。

俺はざわめいている会場のお客さんにお辞儀をもう一度してから、舞台袖に戻った。

……はぁ……疲れた。

思わず深く息を吐き出していると、控え室からマリーさんが来て目が合った。

「……」

「お疲れ様です、坊ちゃま。素晴らしいご挨拶でしたわ」

……噛《か》んだけどな。

しかし、俺は優しいマリーさんの言葉を素直に受け取っておくことにした。

……自ら傷に塩を塗らなくてもいい気がするしな。

残念ながら、俺には傷をえぐられて喜ぶような特殊な性癖はない。「どえむ」じゃないのだ。

やっぱりマリーさんは優しいな。

「ありがと」

自然と顔が緩んで笑顔になりながら、扉の中に入っていった。

15

お誕生日会場から出ると、すぐに俺の三歳児の身体は眠気を訴え始めた。

マリーさんに手を引かれ寝室に戻り、なすがままに着替えさせられてからの記憶がない。

気づけば外は明るくなっており、昨日はあのまま寝てしまったのだと分かった。窓の向こうでは小鳥たちが楽しそうに鳴いている。これが朝チュンってやつか。

ツッコミは永遠に来ない状況で、俺は「朝チュン」とボケることで平常心を保っていた。

……なんたる失態……。

恥ずかしい……。今、俺は絶対顔が真っ赤になってる。

挨拶で噛《か》んでしまった上に、会場から退席、さらには寝オチなんて！

しかも手取り足取り着替えさせられ、挙句のはてにはパンツを脱がされ俺の……いや、何でもない。

風呂に入れない代わりに身体を拭《ふ》かなきゃいけなかったわけだし！

……それにパーティーは夜会だったもんな。三歳じゃ仕方ない！　うん、そうだ。

昨日の失敗なんて知らないよ、三歳だもの。

俺を挟んで両側に眠る両親を起こさないように、静かに起き上がり、母さんの足下をハイハイしてベッドの縁に行く。

音を立てないでこのベッドを下りるのは、今の俺にはかなり至難の業《わざ》である。

なぜかって？　このベッドが無駄に広くて高いからに決まってるじゃないか。

全く、何人で寝るつもりだ、とツッコミたい。

四苦八苦してなんとかベッドから下りると、綺麗に並べてある靴を履く。

……いやー小さいなぁ……我ながら、いつも足を見るたび、その小ささにびっくりしてしまう。

そろりそろり。

忍び足で隣の部屋に続く扉まで向かう。

音を立てないようノブを回して、扉を開いた。

よし、着替えよう。

寝間着を無造作に脱ぎ捨て、クローゼットから白いシャツに深緑のベスト、黒のパンツを出す。

フリルたっぷりのいかにも貴族な格好だったら嫌だな、と思っていたが、心配無用だった。

結構センスがいい。まぁ中世っぽさは拭《ぬぐ》えないが。

生地はやっぱり貴族とあってかなりいいもの。

初めの頃は、ビクビクしっぱなしだったよ。

汚したら大変だってさ……まぁ慣れちゃったんだが……。

人間、時が経てば環境に順応できてしまうって本当なんだな。


「ふぁあ」

欠伸《あくび》をしてソファに座る。

足が着かないから、ブラブラさせておく。


「ふんふんふふんふーん」

今日の家族パーティーが楽しみってわけじゃないからな、鼻歌は、あれだ。暇だからだ。

両親が寝ていて、メイドさん達が屋敷の家事で忙しいこの時間は、いつも魔法の練習に充てている。

無詠唱で全ての属性の球を出し、動かす。

最近、コントロールがかなりできるようになって楽しい。

ビリヤードっぽく弾いたりしてみる。

そう言えば……。

ふと、ポケットから便利道具を出す青いタヌキロボットのことを思い出した。

確か俺は魔法を使い始めたとき、青いタヌキロボットを目標にしていたはずなのだ。

思いついたら即実行。

とりあえず、土魔法で埴輪《はにわ》っぽい人形を作った。

青いタヌキロボットを意識して、間延びした詠唱をしてみると。

「《亜空間《あくーかんー》》」

「できた……？」

とりあえず目の前に黒い空間が現れた。

よし、実験だ。

土魔法で作っておいた埴輪《はにわ》もどきを、その黒い空間に入れてみる。

そして黒い空間を消す。もう一度詠唱して黒い空間を出現させ、その中から埴輪《はにわ》もどきを取り出す。

「できた……！」

できた！　とりあえず埴輪《はにわ》一つは入るみたいだ。

今度は、一気に十個の埴輪《はにわ》もどきを作り、入れてみる。

さっきと同じように、黒い空間を消して再出現させ、埴輪もどきを取り出してみる。

「よっしゃあああ!!　できたああああああ！」

嬉しさのあまり、ソファの上でジタバタする。

物体Xは亜空間の入口としてちゃんと機能してくれたようである。

しばらくジタバタしていると、さすがに疲れた。

テンションのまま暴れてしまうとダメだな。ソファの上に座ってそのまま放心する。

これで俺の青いタヌキロボット計画は、記念すべき第一歩を踏み出したということだな。

満足感に浸っていると、廊下側の扉がノックされた。

「どーぞ」

ガチャリと扉が開いて、マリーさんが入ってくる。

手には、マリーさんの朝の通常装備、箒《ほうき》とバケツと雑巾《ぞうきん》。

「おはよう、マリーさん」

「おはようございます、ウィル坊ちゃま。……起きているなら、お呼び付けくださいよ。お召し替えも……メイドにさせてください」

いつも他のメイドさんにも言われるのだが、正直、俺にとっては恥ずかしいだけである。

他の世話でも申し訳ないのだが、それはお仕事を奪ってはならないと我慢して世話をしてもらっている。

それでもやはり譲れないのが着替えだ。恥ずかしすぎて、「恥ずか死」する。拷問なのだ。

お願いだから自分で着替えさせて、とは言えないので、遠慮がちに『えーでも、あさはいそがしいから、わるいよ』と言ったのだが……。

「私たちの仕事です、むしろ坊ちゃまのために働いているのですから御気になさらず、いえ私たちのやりがいをなくさないでくださいませ！」

懇願された。

呼びませんけど。

「うん、じゃあ、こんどからね」

笑顔を貼り付けてマリーさんに納得してもらう。

俺、腹黒い？

いや、正当防衛だ！

だって、恥ずかしいんだもの！

加えて、メイドさん達はなぜか目がギラギラしてて怖いし！

マリーさんは、笑顔になると部屋の掃除を始めた。本当は俺が起きる前にやるらしいんだが、今日は俺が特に早く起きてしまったからね。

……別に誕生会が楽しみで起きちゃったわけじゃ……。

ソファからマリーさんの動きを見ていると、眠くなってきた。

◆　◆

16

「……ちゃま、ウィル坊ちゃま。準備が終わったそうです。坊ちゃま、行きましょう」
結局、寝てしまったか……。
マリーさんがソファの横から俺を起こしてくれた。
いつの間にか脱がされていた靴を履いて、マリーさんに手を引かれて部屋を出る。
廊下を歩きながらそわそわしてしまったのは秘密だ。
いつものように、マリーさんが食堂の大きな扉を開けてくれる。
『誕生日おめでとう（ございます）』
食堂で待っていたのは、父さんと母さんとメイドさん達。
一斉にお祝いの声をあげてくれた。
「ありがとう！」
俺は、今日だけは心も三歳になろうと決めて、両親に飛びついた。
温かな家族を感じて。

今晩は、今国中で話題になっているベリル家のご子息の誕生日会に出席している。

名家の当主であり、騎士団長であるキアン様。数々の武術もさることながら、その頭の良さ、判断力は周知のものである。

私が尊敬してやまない人物だ。

対して私、ジョーン＝ヴェリトル。

中流貴族出身で、今は学者として王城に勤めている。

自分で言うのもなんだが、頭の出来は良いと思う。

しかし、我が家は言ってしまえば、悪い貴族そのもの。

我が父親ながら嘆かわしい。領民から金を搾り取っては、遊び散らしている。愚兄《ぐけい》が継いだところで、同じように豪遊するのだろう。

せめて領内に金を落とせばいいものを、どこで使ってくるのか、いつの間にか金が消えていっているのだ。

情けなく、やるせない。

しかし、次男という私の立場では何もできない。

そこで家を捨てて、父に対抗できる地位を獲得すべく、城に仕えることにしたのだ。

尊敬するキアン様。領地で善政をしいていることも尊敬する理由の一つだが、実際に会って、そのお人柄と聡明さに震えた。

このような人がいたのか、と。

そのキアン様は、今ステージでご子息についてお話しされている。

曰く、天才。

曰く、神童。

確かにそんな世間の噂は耳にしていたが、まさか親であるキアン様がおっしゃるなんて……考えられなかった。

キアン様は良くも悪くも厳しいお方。

でも結局は普通の親だった、ということか。

なんだか幻滅してしまった。急に帰りたくなってくる。

頭が良い、しっかりしている、だからこの歳で……。

そんなキアン様の演説が右から左に通り抜けていく。

いや、今ステージで話しているのは本当にキアン様なのか。

確かに三歳で人前に出しても恥ずかしくないというのは少し優秀なのかもしれないが、それもせいぜい、他の子に比べて多少成長が早い程度だろう。

つまり、所謂《いわゆる》親の贔屓《ひいき》目なのだろうと、私ははなから高をくくってカーテンの方を見ていた。

『おぉっ』

カーテンからご子息が出てきて、会場にどよめきが起きる。

私も思わず息を呑んだ。

――天使が現れたようだった。

銀色のサラサラの髪を揺らし、緑色の透き通った瞳を輝かせ、悠然《ゆうぜん》と歩いてゆく。全て整った顔のパーツが奇跡と言えるくらいに絶妙なバランスで配置されていた。

そして何より、身に纏《まと》う雰囲気。

優雅で、煌《きら》びやかで、威厳があった。

三歳とは思えない。

理知的な光を宿した瞳が正面を向く。

「しょーかいにあずかりました、ウィリアムス＝ベリルです。ほんじつはわたくし、さんさいのたんじょうびにごそくろういただき、まことにありがとうございます。つきましては、このよるをころゆくまでおたのしみいただければ、うれしくおもいましゅ」

なんてことだ。

よどみなく発せられた言葉は、とても三歳児とは思えなかった。

天才――いや、神童。

今になってキアン様のお言葉が事実だと分かった。

それに、挨拶の後に浮かべた柔らかな笑み。

天使だ――……！

再び会場にどよめきが起こる。

キアン様が何かおっしゃったが、あまりに衝撃を受けた私の耳にはもう届いていなかった。

私は、ご子息――ウィリアムス様と話してみたくて仕方がなかった。

17

広々とした長い廊下を歩く。未だに柔らかな絨毯《じゅうたん》の感触に慣れていなかったりする。

だって、こんな高そうな絨毯《じゅうたん》を土足で踏むなんて……恐ろしくね？

朝食のとき、父さんに後で執務室に来るようにと言われたので、俺は足早で向かっていた。

短い足でとてとて歩いて行き、やっと執務室に到着。

なんだってこんなに廊下を長くしやがったんだ。移動がめんどくさいじゃないか。

べ、別に俺の足が短いのは関係ない。ないと思いたい。

大きな扉をノックすると、中から「入っていいぞ」と声が聞こえた。

俺は少し背伸びして取手《とって》を掴《つか》み、全身で扉を押し開いた。

「とうさん」

書類が高々と積み上げられている机。部屋を見回すと、一面に本棚が並んでいる。

父さんは、紙の山に囲まれて机に向かっていた。

「おお、ウィル来たか」

父さんは、いくつもそびえ立つ書類タワーの隙間からこちらを見た。

うん、片付けようよ。

遠い目をしてしまったが、やはり忙しいのだろう。

なんでも、最近、とある領主が没落して、その領地がうちに併合されることになったらしい。

そこで、元からのうちの領地の規定に合わせて、新領地の大幅な減税・公共サポートの充実など、様々な改革を進めることになった。

その対応に追われて書類が山積みになってしまうのは、仕方のないことだろう。

「とうさん、ぼくになにかようがあったの？」

足を踏み入れたことのない未開の地に、思わずキョロキョロしてしまった。

「おう。……ウィル、そんなにキョロキョロしてると首がもげるぞ」

笑って書類の山から脱出してきた父さんに、頭を撫《な》でられた。

「もげないよ！」

そんなにキョロキョロしてないはずだ！

まぁ、確かに本棚の魔導書とかに思いっきり心ひかれたけれども。

無意識のうちに頬をぷくっと膨らませていたことに気づき、慌てて戻す。

……最近、身体の年齢に態度が引っ張られすぎだな……気をつけよう。

「で、どうしたの？」

父さんを見上げた。

くそ、相変わらずデカいな……一八〇センチは確実に超えているであろう身長。

まだ俺は三歳だから当然なんだが、この見下ろされる格好は負けてる気がして、毎度のことながらくやしい……。

みみっちいとか言うなよ！

すくすく伸びて、すぐに父さんなんか抜いてやるんだからな。

「あぁ、それなんだが、ウィルにそろそろ教育役をつけようと思ってな」

父さんの話によると、通常は五歳くらいから教育役をつけて、貴族としてのマナーや常識、国の動向、文字や計算やら何やらの勉強をするらしい。

最近、俺はしきりに父さんに学びたいアピールをしていたのだが、それが効いたのだろうか。

ちょっと早いが大丈夫だろうと判断し、俺に家庭教師をつけることにしたというのだ。

……まぁ、俺の中身は「十七＋三」だから、すでに成人してるもんな。

うん、疲れるんだよ、三歳児らしく学習意欲を表現するのは。

勝手に本を読んで知識をつけてもよかったんだが、万一、難しい本を読んでいるところをメイドさんにでも目撃されたら言い訳に困ってしまう。だから、この展開を狙っていたのです。

当然「いよっ！　待ってました！」と言わんばかりの勢いで喜びましたよ。

「でも、ウィル。勉強したいだなんて急にどうしたんだ？」

うーむ……。

知識欲、というのもあるんだが、実は一番の理由は他にあるのだ。

俺は俯いて絨毯《じゅうたん》をじっと見つめる。

顔に血が上っているのが自分でも分かるくらいだ。きっと俺は今真っ赤になっていることだろう。

「……とうさんいそがしいでしょ？　ぼく、べんきょーして、てつだいたいんだ」

父さんに感涙された。

理由を言うのはかなりこっぱずかしかったけど……。

忙しそうな父さんは俺の誇りでもあって、純粋にその手助けをしたいと思ったのだ。

顔は平凡だけど、こういうのをカリスマ性って言うのかな……。

父さんは、頭がきれる。回転が速い。

学者に一目置かれるくらいに。

それでいてダブルの魔法使い。宮廷つきの魔法使いにだってダブルは二人しかいないと言うのだから、父さんは大魔法使いと言っても過言ではないだろう。

そして、冒険者から手柄を立てて騎士になり、今や騎士団長となった。

それはつまり、この国最強ということだ。

メイドさん達の噂から思うに、そんな父さんは言わば、国の英雄。

街を歩けば、女の子の黄色い声が飛ぶらしい……顔は普通なのに。

まぁ、俺も……というやましい気持ちが多少あるにせよ、父さんは俺の誇りで憧れで、目標なのだ。

平凡顔でもモテてやる！　……せめて、前世のように目を合わせただけで女の子に逃げられてしまうほどの嫌われ者にはなりたくない。

「ありがとうな、ウィル」

ようやく泣き止んだ父さんに、頭をわしゃわしゃ撫《な》でられた。

中身二十《はたち》としては恥ずかしいが、前世では得られなかったこそばゆい温もりが気持ちよくて、撫《な》でられるのは好きだ。

「あったりまえだよ！」

はにかみながら胸を張ると、父さんに笑われた。

……笑わなくたっていいじゃない。

子供っぽいかもしれないけど、実際子供なんだから。

「ああ、ありがとう。ウィル。それでな、その教育役なのだが」

しかし、そこで父さんが少し表情を曇らせた。

「うん。なにかあるの？」

「この間の誕生日会に来ていた者なんだが……その……」

父さんにしては珍しく歯切れが悪い。

「王城に勤める学者というか研究者で……悪い奴じゃないんだが……恐らく……」

「へんくつなの？」

たまらず口を挟んだ。

「いや、まぁ……偏屈。偏屈、は少し違うかもな。ヴェリトル子爵の次男なんだが、家は捨てたと言うし……。すまん、あまりに突然の申し出で、父さんにもどういう人物かまだよく分かっていないのだ。父さんが世話になった人から、ウィルの教育役をその者にやらせてやってくれ、と頼まれてしまってね。本人が熱望しているから、と……」

「……ヴェリトルししゃく？」

「いや、まぁ……重い税金と無駄遣い、と言えばわかるだろうか」

……わかってしまいました。

思わずジト目になっていたのだろう。

父さんは焦って「いや、あの人に限って、いくら本人の熱望と言っても変な奴を推薦するはずは……」とか呟いて目を泳がせていた。

「ふーん……？」

俺はそれだけ呟き返して、笑顔で父さんを見た。

きっとお世話になった人って……父さんがどうしても頭の上がらないような人なんだろうな……。

……仕方ないか。

まあ、俺は学べればいいわけだし。我《わ》が儘《まま》も言ってられんな。

「わかったよ、とうさん」

父さんは救われたような顔をして俺の手を握った。

「おお、がんばってくれ！」

どうやら、俺の学びの道は前途多難なようです。

18

さて、カテキョがつくことになった俺だったが、そのカテキョがかなり問題のある家の出らしい。

カテキョ——教育役になって、名門ベリル家と繋がりを持とうとしているのか、はたまた、誕生日会場で情けない俺を目にして、純粋に教育してやろうという気になったのか……。

真偽は定かではないが、いずれにしても教育をしてくれるのは確かだ。

ベリル家に媚《こ》びを売るつもりだとしても、そこの長男相手にいい加減なことはできないはず。

そう思うことにした……いや、そう思わないとやってられない。

父さんの「世話になった人」の面子を潰すわけにはいかないのだろうと、父さんの立場に同情して思わず了承してしまった。やはり撤回はできないのだ……。

あの後、父さんに執務室でカテキョの家に関する資料を見せてもらったのだが……出るわ出るわ、ホコリぼっふぼふ。

でも、ここで「やっぱりその人ダメ」とか言ったら父さんが困るし、「勉強はやっぱりいい」と言うと逃げ出したみたいで、チキンとか言われかねない！　男が廃《すた》るぜコンチクショー！

今回、俺の教育役を熱望してきたのはジョーン＝ヴェリトル。

子爵ヴェリトル家の次男坊らしい。

しかし、すでに家は捨てたようで、ヴェリトル家との繋がりは今は見られないとのこと。

現在は宮廷に勤める魔法研究者。

問題のヴェリトル家の当主はジョーン氏の父親で、次期は兄で決まっているみたいだ。

領地は国一番の重税。領民を人とも思わない、ひどい悪策。

加えて、浪費に次ぐ浪費。豪華な調度品に、ブランド物で取り揃えた衣装、宝石。食事は、高級肉しか食べないとの噂も。

無駄に華美な屋敷に対して、周囲の廃《すた》れた町並みはなんとも皮肉なものだという。

資料によると、ヴェリトル家の領地からうちの領地に流れてくる領民の数が年々増えているという。

あまりにもテンプレな悪役で、俺は開いた口が塞がらなくなってしまった。

しかも、噂では闇市場と繋がっていて、奴隷取引をしているとかいう話も囁《ささや》かれているみたい。

ここエイズーム王国では、建国当初から奴隷は禁止されているのだ。

もう真っ黒じゃねえか。

ジョーン＝ヴェリトル氏は義憤《ぎふん》にかられて家を捨てたのだろうか。

それとも家を継げない次男坊だから、出世の野心を抱いて宮廷に出向いたのだろうか。

激しく前者だと思いたい。

思わず、身震いしてしまったよ。

その際、父さんに文字が読めたのかとのツッコミをいただき、非常に焦った。

まあ、『えほんよんでもらってるからね』と言ったので、なんとか誤魔化《ごまか》せたはずだ。

それよりも、父さんの持っているその資料の情報量に驚いたよ、俺は。

父さん何者なんだ。

そんなわけで、とっても不安でドッキドキなカテキョさん。その人が、今からお越しになるという。

応接室で父さんの隣に座っている俺は、さっきからそわそわしっぱなしだ。

……あぁ、憂鬱《ゆううつ》だ……早速来てくださらなくても結構ですよ、うん。

あぁもう、すっげぇ我《わ》が儘《まま》野郎で、途中で気が変わって帰ってくれたりしないかな。

「……ウィル、大丈夫か？　本当に無理だったら今からでも……」

父さんに心配そうに見られてしまった。

「だいじょぶ」

胸を張って親指を突き出した。左手は腰に添えて、である。

笑顔がちょっと引きつってしまったのはご愛嬌。

うむ、ビビってなんか、いないぞ。断じて。

「旦那様」

ちょうどそのとき、メイド長マリーさんが扉をノックして父さんに声をかけた。

「おお、いらっしゃったか。お通ししてくれ」

さっきまでの心配そうな顔はどこへやら、父さんは飛びきりの笑顔である。

さっすがー！

切り替え早っ！　猫かぶりうまっ！

俺も将来、父さんを手伝うのだから見習わねばならない。

よし、お客様には猫をかぶろう、……と。メモメモ。

「ようこそ、今日はわざわざご足労いただき感謝する。さあ、お掛けください」

マリーさんに促されて応接室に入ってきた男性。

一瞬、呆《ほう》けてしまった。

意外だったのだ。

悪役貴族の次男坊だというから、さぞ丸々と太った醜い豚野郎だと思っていたのに……現れたのは普通、いや整った容姿の男だった。

流れる黒髪を後ろの下の方で束ね、切れ長気味の黒目の上には眼鏡が乗っていた。

通った鼻筋に置かれた眼鏡は、理知的な瞳と相まって、その人の頭を良さを強調しているように見える。

思わず心の中で叫んだぜ、メガネキャラ来たーー！ってな。

しかも、学者というのに身体つきは結構バランスの取れた筋肉質な感じ。

父さんと比べて、背はそこまで高くないが、足がなげぇ。

ジョーン氏は、テーブルを挟んで父さんと俺の向かい側に立ち、一礼した。

「この度は、教育役へお呼びいただきありがとうございます！　私、採用の知らせを聞いて感激し、飛んでまいりました！　砕けるつもりで送った手紙が！　ああ！　まさかこのようなことになるとは！」

目が輝いている。

それはまるで、戦隊ヒーローに初めて会った少年のよう。

……俺にもあったな、そんな時期。

微笑ましく思いながら、そんな視線をジョーン氏に向けていると、彼は口を一瞬つぐんだ。

「……失礼いたしました。興奮のあまり、少々取り乱してしまいました」

そう言って苦笑いを浮かべ、父さんに促されてやっと腰を下ろした。

……よかった、とりあえず悪い人じゃないようだ。

父さんも同じことを思ったみたいで、一瞬目が合った。

「うむ……ジョーン殿とお呼びしてよろしいかな？」

「はい、勿論《もちろん》です」

その様子を見るに、父さんにかなり憧れているみたい。

しかし、さっきからチラチラ俺の方も見てくる。

やっぱり、自分のこれからの生徒は気になるのかね。

「では、ジョーン殿。我が息子、ウィルの教育役になるということでいいのだね？」

「はい、喜んで」

ジョーン氏に、またもやチラリと視線を向けられる。

「うむ、ではよろしく頼む。この家に住み込みという形になるが、よろしいかな？」

「は……はい！」

まさに感無量といった感じで、震えながら満足げな表情を浮かべたジョーン氏。

……なんだか仲良くなれそうだ。反応が面白すぎる。

そんなことを思っているうちに、父さんは『では、後はよろしく頼んだ』と言って応接室を去り、ジョーン氏と俺と、マリーさんだけが残った。

俺がマリーさんに目配せすると、マリーさんは上品スマイルでジョーン氏に向かった。

「では、ヴェリトル様。ウィル様のお部屋にご案内します」

19

部屋の真ん中には、分厚い一枚板の天板のついたデカいテーブルが陣取っている。

扉から入って正面には、壁一面に取り付けられた窓。

この屋敷の中でも、特に光が差し込む明るい部屋だ。

そう、ここは新しくもらった俺の部屋である。

真ん中のデカいテーブルに向かい合って座った俺とジョーン氏。

そこにマリーさんが紅茶を運んできてくれた。

「あ、マリーさん、ありがとう」

そしてそのまま部屋を去っていくマリーさん……。

「……」

「……」

……気まずい。

なんだか、めちゃくちゃ硬い顔で見られている。

ジョーン氏の少し鋭い目でじーっと見つめられると、ちょっとビクビクしてしまう。

見つめちゃいやーん。

「……あのー」

俺が話しかけるとビクッと動いた。強張《こわば》っていた表情が柔らかくなる。

「あ、すみません」

ジョーン氏は照れたように笑うと、俺を真っすぐに見た。

「なにぶん、緊張しておりまして。御存《ごぞん》じかと思いますが、ジョーン＝ヴェリトルです。今後、ウィリアムス様の教育役を務めさせていただきます」

おっ……紳士だ……。

ここでもやはり俺の予想は裏切られ、ジョーン氏は物腰柔らかく、丁寧な口調で挨拶をした。

全く傲慢《ごうまん》な悪貴族という感じはしない。

身構えていた俺は急に肩の力が抜ける。

……ごめんよ、俺は誤解していた。

謝罪の意味も込めて、ぺこりとお辞儀する。

「はい。よろしくおねがいします。ぼくはウィリアムス＝ベリルです。ウィルとよんでください」

俺がそう言うと、一瞬驚いた様子のジョーン氏。

……ん？　なんか俺、おかしなことした？

特に思い当たる節《ふし》はないので、俺はそのまま話を続ける。

「あの、ヴェリトルさまのことは、なんとおよびすればいいですか？」

ジョーン氏の表情は、驚きから微笑みに変わった。

「お好きにお呼びになってください。ただ……」

一度言葉を切り、苦笑するような、イタズラっぽい笑みを浮かべる。

「ヴェリトルはお止めください」

あぁ、そうか。

俺はここにきて漸《ようや》く確信した。この人は、文字通り、本当に家を捨てたのだな、と。

俺のジョーン氏の印象は、誠実で紳士的な人。

資料にあったような悪い貴族という感じはしない。

それに、媚《こ》びを売っているような雰囲気もなかった。

他に気になることと言えば、少し犬っぽいような人懐っこい感じがある……。

まぁ……百戦錬磨の、もの凄い狸《たぬき》、という可能性も否めないが……。

俺は直感的に、この人は悪い人じゃないと思ったのだ。

どうやらまともな人らしいことに嬉しくなって、思わず笑みがこぼれる。

「では、ジョーンせんせい。で、いいですか？」

うむ、カテキョと言ったら無難に先生、だろ。

「はい、よろしくお願いしますね」

そう言って、ジョーン先生も満面の笑みを浮かべてくれた。

そのジョーン先生の笑顔を見て……なんて言うか敗北感。

うん。

美形なんだよ、イケメンなんだよ。

メガネで秀才でイケメンとか。

それで紳士とか……。

さっきまでは緊張していたが、改めて顔を見てみると、やっぱりイケメンだった。

それに、この世界で初めて会った黒髪黒目の人だから、元日本人の俺はつい親しみを持ってしまう。

くっ……うらやましい。

いいんだ！　俺だって将来は顔は平凡でもモテてやるんだから！

「ところで、ウィル様」

一人頭の中で涙の海に溺《おぼ》れかけていた俺だったが、ジョーン先生の声で現実に引き戻される。

「『さま』はやめてください、ジョーンせんせい」

さっきから堅苦しいんだもの！

これから長くカテキョとして付き合っていくなら、堅苦しいと肩凝ってしまうよ。

あ、ダジャレとかじゃないんだからな、寒いとか言わないそこ！　たまたまだ、たまたま。

「……では、ウィルさん……」

「くんがいい」

「……えー……それは……」

「せんせいはぼくのせんせいなんだから、いいんです！」

じれったくなって、思わずぷくりと頬を膨らます。

少し困り顔の先生だったが、あれやこれやと言って最終的には「ウィル君」と呼ぶことを了承させたぜ。

「あ、それで。どうしたのでしょう、ジョーンせんせい？」

さっきジョーン先生が何か言おうとしていたことを思い出し、先を促す。

ジョーン先生は、コホンと咳払《せきばら》いをして真剣な表情になった。

「いえ、つかぬことをお聞きしますが、三歳で教育役をつけるというのは随分と早いですよね。私から希望を出しておいてなんですが、これもキアン様の方針なのでしょうか？」

この人は父さんのことを話すとき、やけに瞳が輝いている。

純粋に父さんに憧れているのだろう。

俺だって、父さんは人生の目標で憧れだし。顔を除けば。

しかし、期待を裏切るようで悪いのだが……。

少し苦笑しながら俺は答える。

「いえ、こんかいのことは、ぼくがとうさんにたのんだのです」

思いっきり驚いた顔をされた。

……うん、ごめん、期待裏切って……。

でも先生だって俺の予想裏切りまくったんだから、お互い様でしょ。

「ウィル君が……？　それはまたどうして。失礼ながら、ウィル君の年齢ですと、普通はまだ遊ぶことしか考えていないかと……」

「ぼくは、なにもしらないから。とうさんがいそがしそうにおしごとしているのは、ぼくにとって、ほこりで、あこがれなんです。でも、そんなとうさんとちがって、ぼくにはなにもできない……」

俺は上目遣いで先生を見た。

「……ぼくは、くやしかったんです」

先生は呆れるようにポカンと口を開いて固まってしまった。

……すんません。随分な物言いでしたよね。

でも本当なんだもの！　仕方ない！

大人達の話している内容が分からず眺めているだけというのは、結構悔しいものなのだ。

「そういうことでしたか」

しばらくして、楽しそうな笑みを浮かべたジョーン先生。

「では、一刻も早くキアン様のお手伝いができるように、みっちり勉強せねばなりませんね、ウィル君」

良い笑顔ですジョーン先生。

ジョーン先生のその笑顔に、俺は頬を引きつらせた。

……えー……もしかしてこの人、スパルタのＳ……。

紳士だと思ったのに……さらに予想を裏切られた俺でした。

20

「では、授業を始めましょうか？」

そう言って笑顔で鞄から分厚い本を取り出す先生。

「はい！」

笑顔のはずの先生の目がちょっと怖くて、思わず勢いよく返事してしまった。

その返事からやる気満々と受け取ったのか、先生は満足げに頷いて本を開いた。

「では、まず初めに、何を学ぶにも必要になる、文字の読み書きからしましょうか？」

「いえ、だいじょうぶです」

もう文字の読み書きはとっくにできてます。

キリッと答えると、ジョーン先生は一瞬驚いた様子。

そうだろうとも━、幼児の脳のスペック舐《な》めんなよ！

「……そうでしたか。では足し算引き算などの計算問題から入りましょうか」

「それもおそらくできます」

今度は呆れたような表情をされた。

見栄張ってると思われたかな……。

まあ確かに、これから勉強を始める三歳児に文字の読み書きも計算もできるって言われたら、俺だって嘘だと思うだろう。

「……ほんとですよ？」

上目遣いで先生の表情を窺《うかが》うと、ジョーン先生は優しく微笑んでいた。

ああっ……そんな生暖かい目で見ないでくれ！

絶対信じてないだろ！

「では、これを解いてみてください」

気を取り直したように、ジョーン先生は分厚い本に挟んであった紙を抜き取って俺に手渡した。

「わかりました」

胸ポケットからペンを取り出しながら渡された紙を見てみると、数学の文章問題がズラリと並んでいた。いくつか図形問題もある。

実力テストみたいなもんかな。

計算ができるというなら、これくらいスラスラできんだろ？　と言いたいのだろうか。

ジョーン先生をチラリと見ると目が合った。

見られながら問題を解くのは、なんだかやりにくいが……。

できるだけ気にしないようにして、黙々と問題を解いていく。

まぁ、前世で現役高校生だった俺には難なく解けた。

……のだが、これで子供用とか、この世界の学術レベルハンパねぇ……。

服装とか家とかが中世ヨーロッパ風だから、見くびっていたぜ。

二十分ほどかけて解き、最後にミスがないように見直して、テスト用紙をジョーン先生に渡した。

目を見開いたかと思えば、すぐ思案顔になる先生。

「……できてます？」

恐る恐る、俺は声をかけた。

考えてみれば、この世界と地球とで計算の表記や方法が同じとは限らないしな……と一抹《いちまつ》の不安がよぎる。

今まで考えてもみなかった可能性だけに、冷や汗が流れた。

てんで意味不明な記号が書いてあるように見えるということも……。

ビクビクしながら、眉間に皺《しわ》を寄せている先生を見つめた。

「……できて……います。……素晴らしいです、ウィル君」

しばらく経って確認し終わったらしく、先生は顔を上げて微笑んだ。

しかしその直後、困惑顔で唸《うな》り出してしまった。

……どうしたのだろう？

「しかし……どうしたものでしょう。今日は文字に充てるつもりでしたので。他にも勉強用の資料はあるにはあるのですが……」

呟かれた言葉に納得。それで困っていたのか。

だったら、やることは決まってるぜ！

俺は、先生ににかっと笑いかけた。

「それじゃ、ジョーンせんせいについてしりたいです！」

21

勢いよく言うと、ジョーン先生は少し気圧《けお》されたように苦笑した。

「勿論《もちろん》いいですが、私のことなんて面白いことは特にありませんよ？」

「いいんです！」

了承を得られた俺はにまっと笑う。

やれやれ、といった様子で肩を竦《すく》めた先生は、分厚い本を鞄に戻して俺に向き直った。

「では、どうぞ？」

微笑んだ先生の目には、なんとなく翳《かげ》が感じられた。

「せんせいは、なんさいですか？」

「……はぁ、そんなことをきくんですか、二十六歳です」

苦笑するジョーン先生。

思っていたよりだいぶ年が上だった。随分若く見えるな。

「じゃあ、かのじょとか、こんやくしゃとか、いるんですか！」

こんなに綺麗な見た目なんだから、女の一人や二人いてもおかしくないだろ！

期待と興味で、俺はテーブルに身を乗り出す。

「……残念ながら。いまは勉学と研究が恋人ですね」

心底意外だ。

こんな人いたら、女の人が放っておかないと思ったんだが……。

俺の驚きをよそに、ジョーン先生は遠い目をしている。

「……じゃ、じゃあ、せんせいはきゅうていで、がくしゃさんをしているんですよね。なんのけんきゅうをしているのですか？」

くだらない質問ばかりだと呆れられたんじゃないかと思って、俺は慌てて真面目な質問をする。

「おお、聞いてくれますか、ウィル君。私はいま宮廷で、魔法、具体的には詠唱と魔法陣の研究をしています。あと、数学や歴史も少々手伝っていますが」

「えいしょうと、まほうじんと、すうがくと、れきし……」

正直、マルチすぎて驚いた。

詠唱とか魔法陣とか基本文系っぽいのに、加えて理系の数学とか……片手間でできるもんじゃないだろ。

しかし、俺の感嘆の言葉は、先生には疑問と受け取られたらしい。

「あ、ウィル君はまだ魔法を習っていないのでしたね。詠唱と魔法陣というのは……」

「しってますよ。えいしょーは、まほうをはつどうさせるためのじゅもん、まほうじんは、ずけいですよね」

説明し始めようとした先生の言葉を遮《さえぎ》って口を挟んだ。

「それはまた、どうして知っているのです？」

驚いた様子で俺を見てくる。が、興味津々なのが伝わってくるぞ。

俺はニヤリと笑い、手を口の横に添えて声を潜《ひそ》めて答える。

「みんなにはないしょですよ、せんせい」

先生もノってきてくれて、耳を俺に近づける。

「ぼく、かってにしょこのまどうしょを、よんだんです」

どや。

親指を突き立ててウィンク。

「ほう、それは……」

先生は楽しそうにイタズラっぽい笑みを浮かべて、鞄からさっきとは違う本を取り出した。

その本にはとても見覚えがあった。

「あ、それです」

「『魔法　サルでもわかる基本編』ですね、いい選択です。私もこれをウィル君に最初に読んでもらおうと思っていましたから」

「そ……そうなんですか」

いや、結構作者の口調、読者に対してひどかった気がするんだが……内容的には問題なかったのか。

俺は微妙な返事しかできない。

「文体はさておき、ね」

そんな俺に苦笑する先生。

……やっぱり作者の口調は問題なんだ。そりゃそうだよな。

「まほうじんとえいしょうって、なにをけんきゅうしているんですか？」

「魔法陣に規則性はあるのか、詠唱に意味はあるのか、とかですかね。火を出すには《火》ですが、火で矢を作ろうとすると《火矢》になる、とか。魔法陣も然《しか》りで」

……俺、すごく協力できそうなんですが。

もはや運命を感じた。この人をカテキョにして正解だと思った。

この屋敷には、俺の中身に近い年齢の若者はいない。

二十六歳は大人だけれど、俺の中身は「十七＋十三」で二十《はたち》だから気が合うのではないか。

そんな漠然とした予感がする。

「おや、楽しそうな顔してますね、ウィル君。興味を持ってもらえましたか？」

そんなことを考えていたら、顔に出ていたらしい。

「はい！」

まさか、先生と友達になれそうだと考えていたなんて言えないから、元気よく返事しておいた。

すると、どうだろう。

ジョーン先生が突然笑い出した。

「そうですか。……ふふ……ははははっ」

腹を抱えて笑う先生。

呆然とする俺。

……ど、どうした。

なんだこの人。頭をどこかにぶつけたりは、してないもんな……？

いや、俺が何か変なこと言ったかな……。思い当たらない。

「ど……どうしたんですか」

「アナタは聞かないんですね？」

笑いながら言うジョーン先生の表情は、嬉しそうだった。

22

嬉しそうな顔で笑うジョーン先生に、俺は何を、なんて聞けなかった。

それだけ言われて分かってしまったのだ。

悪名高いヴェリトル家のこと。そして、先生の今の立場。

最初に俺が先生のことを教えてくれ、と言ったときの困ったような表情に、今更ながら納得する。

本当のことを言えば、俺だってヴェリトル家のことは気にはなっていたのだ。

しかしストレートにぶつけるわけにもいかず、思わず黙ってしまった俺をとぼけていると判断したのか、ジョーン先生は肩をすくめると話し始めた。

「……ウィル君だって、私の家の事情くらい知っているはずです。それが気にならないわけがない」

さっきまでどこかふざけたような雰囲気を漂わせていたジョーン先生から、初めて発せられた強い圧力。

　真面目で鋭い視線。

　俺をまっすぐ見つめている。

　これは、目を逸らしてはいけないと直感的に分かった。

「きかれたくはないでしょう。それに、おうちがどんなでもかんけいないです。ジョーンせんせいは、ジョーンせんせいなんだから」

　震えそうになる声を抑えて、俺も見つめ返した。

　ジョーン先生は、鋭い視線を解く代わりに、今度は自嘲《じちょう》気味に笑った。

「私はね、考えることはできますが、それしかできないのです」

　もうそれだけで分かった。

　いや、なんとなく気づいていたのかもしれない。

　俺がいきなり会ったこの人になぜか親近感を持った理由は、中身の年齢が近いだけではない。

　似ている……のだ。

　ジョーン先生は続ける。

「私は次男です。だから、爵位を継ぐことはできない。ウィル君も知っているのでしょう、我が父はあまりにも愚かしい」

　それでも、と言葉を紡《つむ》いだジョーン先生の顔には、懐かしさと苦しさの交ざった感情が一瞬だけ浮かんだ。

「幼い私は、自分に無関心な両親を振り向かせようと頑張った――文字、計算、魔法、剣術」

先生から乾いた笑いが漏れた。

「しかし、いくら頑張っても、父は私に関心を向けるどころか疎《うと》んでいった。結局のところ、逆効果だったのです」

深い溜め息をつき、なぜか笑みを浮かべる。

「……そして、学べば学ぶほど分かった。我が家の馬鹿さが、愚かさが。なぜこんなものに縋《すが》っていたのだろうと、我ながら阿呆《あほ》らしくなりましたよ」

そう言った先生の笑顔には、深い悲しみと苦しみが滲《にじ》んでいた。

「でも、何かしようとしても何もできなかった。あまりにも無力なのです。今はただ力をつけ、地位を得るしかないのです」

力――地位。

それで家を飛び出して、宮廷に仕えたのか。

「私は気づいてしまったんだよ、あんな風に醜く豪勢に暮らすにも、善政をしいて領民を守るにも、同じように地位が必要なんだってね」

自嘲《じちょう》するジョーン先生は、気持ちを切り替えたかのように、今度は明るい笑顔になった。

「だから、まずはみっちり勉強しましょうね、ウィル君」

その、力の使い方を見誤らないように。

◆　◆

顔合わせという感じで取られた「学習時間」であったので、今日のところは、それでお開きになった。

ジョーン先生の去った部屋で俺は一人、早速、先生から渡された、やたら分厚い本を開く。

どうやらこの国の貴族の関係図らしい。

家名と領地と、人となりとかが、こと細かに書かれている。

……これを全部覚えろってか……。

絶対あのひとSだろー!!

俺はひいひい唸《うな》りながら、本を読み進めた。

まぁしかし、スパルタとはいえ、あの人が先生になったというのは、俺にとって幸運だったのかもな。

お母さん、俺は転生してよかった。

◆　◆

少年の家は、母子家庭だった。

母親は毎日、仕事で残業続き。仕事と子育ての両立は想像以上に困難で、日に日に精神は削られていった。

少年の母親は、綺麗な人だった。

しかし――……。


その日も少年の母は残業で、夜遅くに家に帰り着いた。

「おかえりなさい」

八歳になる少年は、夕飯を食べずに健気《けなげ》に母の帰りを待っていた。

自分のために働いてくれる母に、せめて温かい食事を。

少年は料理を作るために、惜しみない努力をしたのだ。

「……いただきます」

毎晩食卓に並ぶ料理は、少年にしては、という言葉を抜きにしても素晴らしいものだった。お店で出されていても、おかしくないレベル。

母の負担を減らそうと。少しでも笑顔になってもらおうと。

褒めてもらいたくて。認めてもらいたくて。

しかし、どんなに頑張っても、母に笑顔が戻ることはない。少年を褒めてくれることもない。

母親は、まるで少年がそこにいないかのように振る舞うのだった。

今日もまた、笑顔もなく、美味しいと言ってくれることもなく、人形のような顔をして食事を済ませ、ベッドに入ってしまった。

それでも、少年は母を責めることはしない。

少年だって分かっているのだ。母がどれだけ苦労しているかくらい。

少年は思いついた。

家事なんて誰にだってできる。少年自身がまだ力不足なのだと。

それから少年は更に努力した。

料理だけでなく、洗濯も掃除もやるようになった。

さらに、勉強、運動。

惜しみない努力をした。百点だって毎回取った。気づけば、大学の内容まで進んでいた。

洗濯をして綺麗に畳んで、部屋を片付けて隅々まで掃除して、毎晩美味しい夕食を作って、百点のテストを見せて。

でも返ってくるのは。

「そう」

あまりにも短い、味気ない返事だった。

少年のかけた時間と努力には、あまりにも釣り合わない短い言葉。

それでも、少年は母を責めることはしない。


ある日のことだった。

少年の母がついに倒れた。

即入院。原因は不明。

元々やせ細っていた母が、さらに細くなっていく。

少年は、諦めずに献身的に看病した。

それでも母は、少年をまっすぐに見ることはなかった。


最期の日。

珍しく自嘲するように微笑んでいる母に、少年は思わず聞いてしまったのだ。

「お母さんは、どうしてぼくがいやなの？」

少年にだって本当は分かっていた。

自分がどんなに頑張っても母が自分を見ようとしてくれないのは、嫌われているから。

少年の母は、冷たく微笑んだ。

「私は、その顔が憎いわ」

母にだって分かっていた。

少年は悪くない。

むしろ感謝したかった。素直になれれば。

結局、八つ当たりだったのだ。

その顔を見るたび思い出してしまう、蒸発した夫。自分を、今こんな目に遭わせている奴の顔。

「ごめんなさいね……」

かすれる声で呟かれた母の声は、もう少年に届かない。

少年は、すでに病室を出て行ってしまっていたのだ。


次の日、母の入院後初めて少年は病室に行かなかった。

そして、タイミングを見計らったかのように、少年の母は息を引き取った。

少年が見たことのない、優しい笑顔で。

「この顔がいけないんだ」

少年は、拳《こぶし》を強く握りしめた。

「このぼくの顔が……」

そして決意したのだ。

強く生きていく、と。

顔なんてなくても、大丈夫なように。

その日以来、彼は自分の顔を忘れようとした。

◆　◆

「……夢か」
俺は息苦しさを感じ、目を覚ましてしまった。
窓の外を見ると、まだ薄暗くて、早朝のようだ。
しかし、久しぶりに見たな。
……もう忘れたと思っていたのに。
自嘲気味《じちょうぎみ》に笑って起き上がった。
隣で眠る両親を起こさないように慎重にベッドから下りて、廊下に出た。
「ふぁあ」
大欠伸《あくび》をして、向かう先は自分の部屋。
こんな夢を見たのも、昨日のことがあったからかな……。
珍しく憂鬱《ゆううつ》な気分になりながら、扉のノブを回した。

23

通されたウィリアムス様の部屋には、部屋の中央に重厚感たっぷりの焦げ茶のテーブルがあり、窓からはたくさんの光が差し込んでいた。

テーブルにつくと、メイドの女性が紅茶を運んできて、私とウィリアムス様の前にそっと置く。

「あ、マリーさん、ありがとう」

メイドの女性に、お礼を言うウィリアムス様。

思っていた通り、礼儀正しくしっかりしている子のようだ。

「……」

「……」

しかし、困った。

何も言葉が出てこない。

あんなに色々と話したいことや聞きたいことを考えていたのに、いざここに来たら頭の中が真っ白になってしまった。

ここは年配である私が先に話を切り出すべきなのに。

「……あのー」

恐る恐る、といった感じでウィリアムス様が口を開いた。

……失態だ。

つい顔が固まってしまっていた。

もしかすると、睨《にら》んでいるように見えたのかもしれない。これまでも、人から「怖い顔をしている」と言われたことがある。気をつけなければ。

「あ、すみません」

恥ずかしくなって、思わず呟いた。

今度はきちんとウィリアムス様を見据えて口を開く。

……平常心、平常心。

「なにぶん、緊張しておりまして。御存《ごぞん》じかと思いますが、ジョーン＝ヴェリトルです。今後、ウィリアムス様の教育役を務めさせていただきます」

怖い印象を持たれないよう、細心の注意を払って自己紹介する。

すると、どうだろう。ウィリアムス様は優雅にお辞儀なさった。

「はい。よろしくおねがいします。ぼくはウィリアムス＝ベリルです。ウィルとよんでください」

お誕生日会での挨拶は、事前に誰かが用意した台詞を覚えて言っただけだった、という可能性も考えていた。

三歳の子供が自らあのようなことを言えるとは、到底思えなかったのだ。

しかし、ここに来て確信する。

やはり、ウィリアムス様はご自分の言葉として挨拶なさったのだと。

あの夜もそうだったが、今改めて衝撃を受ける。

「あの、ヴェリトルさまのことは、なんとおよびすればいいですか？」

呼びかけられ、はっと現実に引き戻された。

ウィリアムス様にさらに興味が湧いて、どれほど優秀なのか試してみたくなる。

「お好きにお呼びになってください。ただ……」

さて、この小さな天才はどのような反応をするのだろうか。

思わずニヤリと笑みが浮かぶ。

「ヴェリトルはお止めください」

問題のあるヴェリトル家出身の私が教育役につくというのだから、キアン様なら当然、ウィリアムス様にもお伝えしているだろう。

その上で、私の言葉をどう受け取るか。

こんな実験をするのは心苦しくもあるが、どんな反応をするのか楽しみだった。

ウィリアムス様はすぐに笑顔を見せて言う。

「では、ジョーンせんせい。で、いいですか？」

予想以上の答えに頬が緩む。

――さすがとしか言いようがない。

先ほどの私の言葉で、私が本当にヴェリトル家を捨てたことを理解したのだろう。家は関係ない。だから、私の名前に『先生』とつけてご自身との関係を表すに止《とど》めた。

「はい、よろしくお願いしますね」

素晴らしい。予想以上に素晴らしい。

こんな方の教育役になれるだなんて、家を出て本当によかった。私は幸せ者なのかもしれない。

ついつい上機嫌で話しかける。

「ところで、ウィル様」

すると、すぐにウィル様は不満そうな声を出す。

「『さま』はやめてください、ジョーンせんせい」

驕《おご》らない態度。

本当に、この方には……感服させられる。

ベリル家とヴェリトル家では、名前は似ているのに天と地ほどの差がある。

子爵のヴェリトル家に、公爵のベリル家。

地位の差に加え、ヴェリトル家の評判は地の底。対するベリル家は古い歴史を持つ名家で、キアン様のご活躍で国内一の評判を誇る。

そして、この振る舞いの差。

あくまで、私との関係は、貴族ではなく教師と生徒だ、ということか。

「……では、ウィルさん……」

「くんがいい」

「……えー……それは……」

「せんせいはぼくのせんせいなんだから、いいんです！」

やはりそういうことか。

ニヤリと笑いそうになるのを堪《こら》えるのには苦労した。

ただ、「君」はさすがに恐れ多いので「さん」付けにさせていただけないかと、少し抵抗してみた。

しかし、あれこれと説得されて、結局やはりウィル君とお呼びすることに。

これで、晴れて先生と生徒、である。

「あ、それで。どうしたのでしょう、ジョーンせんせい？」

ウィル君にそう言われ思い出す。

私には聞きたいことがあったのだ。

「いえ、つかぬことをお聞きしますが、三歳で教育役をつけるというのは随分と早いですよね。私から希望を出しておいてなんですが、これもキアン様の方針なのでしょうか？」

ウィル君は優秀だ。だから、キアン様も早くからの教育を考えたのかもしれない。

しかし、ウィル君は苦笑して答えたのだ。

「いえ、こんかいのことは、ぼくがとうさんにたのんだのです」

本当に、今日という日は心臓がいくつあっても足りない。

「ウィル君が……？　それはまたどうして。失礼ながら、ウィル君の年齢ですと、普通はまだ遊ぶことしか考えていないかと……」

「ぼくは、なにもしらないから。とうさんがいそがしそうにおしごとしているのは、ぼくにとって、ほこりで、あこがれなんです。でも、そんなとうさんとちがって、ぼくにはなにもできない……」

いじらしい目をして紡《つむ》がれる言葉に衝撃を覚える。

「……ぼくは、くやしかったんです」

本当に――……この方は。

呆れるくらいに優秀だ。

こうして出会えた幸運に、感謝せずにはいられない。

「そういうことでしたか」

こんな素晴らしいお方の教育役になれたのだ。

私の持てるかぎり、力を尽くそうではありませんか。

「では、一刻も早くキアン様のお手伝いができるように、みっちり勉強せねばなりませんね、ウィル君」

24

「では、授業を始めましょうか？」

用意しておいた参考書を鞄から出す。

「はい！」

本当に教えがいがありそうで楽しみだ。ついニヤリと笑ってしまった。

ウィル君もやる気十分なのか、元気よく返事する。

この方は、本当に面白い。私が早く一人前にして差し上げなければ、という使命感すら覚える。

「では、まず初めに、何を学ぶにも必要になる、文字の読み書きからしましょうか？」

「いえ、だいじょうぶです」

用意しておいた文字の表を取り出そうとすると、ウィル君は不敵に笑った。

まさかのまさかですか。まずは文字からだと思ったのですが、すでに学習済みとは。

「……そうでしたか。では足し算引き算などの計算問題から入りましょうか」

「それもおそらくできます」

間髪《かんはつ》いれずに答えるウィル君。

嘘だろう？

これでは、今後学園に入っても何も学ぶことがないではないか。

……キアン様は、一体どのような教育をしてきたのか……。

訝《いぶか》しむ気持ちが表情に出てしまったらしい。

「……ほんとですよ？」

念押しするかのように、ウィル君が呟いた。

ウィル君が驕《おご》るということはないだろうが……。

ここで高い壁を見せておけば、もっと学ばなければいけないと気を引き締めて、やる気を出してくれるだろう。

いいことを思いつき、つい口角が上がってしまった。

「では、これを解いてみてください」

そう言って私が差し出したのは、宮廷学者の採用試験。

「わかりました」

ウィル君は胸ポケットから取り出したペンを片手に、問題を見る。

そして、こちらをちらっと見るとすぐにテーブルに向き直り、問題を解き始めた。

黙々と問題に取り組む三歳児の手元を見る。

……できている。……いやいや、まだこれは基礎問題……。

信じられない目の前の光景を、どうにか理由をつけて受け入れようとする。

しかしその間にも、ウィル君は問題を進めていった。

……悩むことすら、しないのか……？

私が苦労して理解した図形問題でさえ、事も無げに解いていく。

……なんてことだ。

身体が震えた。本当にこの方は三歳なのか……？

私の常識の範囲を超えている。

「……できてます？」

しかし、可愛らしく首を傾げる姿を見ると、一気に気が抜けた。

「……できて……います。……素晴らしいです、ウィル君」

とんでもない人を生徒に持ってしまった。

困った。これではすぐに私が教えることなどなくなってしまいそうだ。

だが、それ以上に今後のウィル君の成長が楽しみで嬉しくなる。

「しかし……どうしたものでしょう。今日は文字に充てるつもりでしたので。他にも勉強用の資料はあるにはあるのですが……」

すると、ウィル君は満面の笑みでこう言ったのだ。

「それじゃ、ジョーンせんせいについていてしりたいです！」

あぁ……この人もか……。

いくら私が家を捨てたと言っても、やはり気にするのか……と途端に気持ちが冷めた。

そして、次に聞かれるであろう質問に身構える。

けれど、彼の質問はいつまでたっても『私自身』に関することだけ。

本当に、本当に、この人は――期待を良い意味で裏切ってくれる。

どうしてだろう、三歳になったばかりのこの方は、私の言葉を心から理解しているのだ。

今日という初めての日が終わる頃、私はなぜか小さな友人を得られたような、そんな気がしていた。

25

思った通り、ジョーン先生はドSでスパルタの眼鏡男でした。

初日に渡された本をひいひい言いながら、やっとの思いで覚えたというのに、翌日の昼頃、授業の時間になってやってきた先生はこう言いやがったのだ。

『あれ？　私、全部覚えろなんて言いましたっけ？』

とぼけやがってぇー！　確かに、一度も言ってはいない。

そう、言ってはいないが、明らかに無言の圧力があったのだ。

砕けそうになる心を何とか繋ぎとめて、その日からも俺は努力を続けた。

普通はもう少し上の年齢から始める教育らしいが、一応中身は二十《はたち》である。

できないというのは、俺のプライドが許さない。

……つーか、この世界、無駄に学術レベル高いのな。

そういえば、先生は宮廷で魔法研究していると言うから期待していたのだが、魔法を教えてほしいと言ったらつれない返事が返ってきた。

『魔法？　なに舐《な》めたこと言ってるんですか。戯言《ざれごと》を言うにしても、一般教養を身につけてからにしてください』

心底呆れ返ったあの顔を見た瞬間、俺は涙が出そうになったよ。

先生がさっさと被っていた猫を脱ぐから、俺も最近じゃ先生の前だと三歳の仮面を脱いでしまっている。

まぁ……おかげで友達っぽい関係になれた気はする――少なくとも、俺は友達だと思っている。

ここ三ヶ月で習ったことは、この世界の地理、歴史、宗教などなど。

本当に助かったと思ったのは、時間の概念が同じだったこと。

一年三百六十五日、一日二十四時間。

違っていたら、歴史の勉強なんて、とてもじゃないができないだろう。

長い三ヶ月間を振り返りながらパタリと分厚い本を閉じると、ちょうど扉がノックされた。

「どうぞ」

「失礼します。こんにちは、ウィル君」

入ってきたのは、噂をすればのジョーン先生だ。

「あれ、もうじゅぎょうのじかんですか？」

「はい、もう。おや、復習していたんですか？」

「……まぁ」

ていうか、宿題を出したのはアナタだろう。

ジト目で睨《にら》もうとしたが、気づかれたら、その後の先生の視線が怖いので止《や》めておいた。

「じゃあ、きちんと身についたか、試しに私が問題を出しましょうかね」

「……はい」

俺の思っていることが伝わってしまっただろうか。

絶妙なタイミングで切り出す先生。

……はぁ、分かりやすいのか？　俺。

気をつけないとな。

貴族って言ったら、表情に出さずに演技くらいできんといかんだろう！

ポーカーフェイスのウィルと呼ばれるようになってやろうじゃないか。

勉強とは違う方面でやる気が出てきて、思わず拳を握った。

そんな俺の考えなどいざ知らず、先生は早速問題を次々に出してきた。

「では、この国の名前は？」

「エイズーム王国……」

この世界で今のところ発見されている大陸は一つだけ。名前はラナア。

「一つ」という意味があるのだとか。

そして、ラナアには大きい国が四つあり、各国が東西南北に綺麗に分布している。

東、エイズーム。

西、ヒダセイリ。

南、デューヴ。

北、ヒッツェ。

俺は、エイズームはアズマっぽいから東。ヒダセイリは左《ヒダリ》の間に西《セイ》が挟まった感じ、などと、こじつけて覚えている。

ヒッツェは、ツェが何となく北っぽいと覚えた。俺の勝手なイメージだが。

ヒッツェは軍国主義的な国で、皇帝クイタ＝ヒッツェ（五十三歳）が君臨している帝国だ。

とにかく寒いために農業ができず、代わりに魔道具工業を中心に発展してきたらしい。

魔道具に使う、魔力の詰まった「魔石」という石の輸出も大きな収入源の一つ。魔石がたくさん採れる「魔田《までん》」とやらがあるからだそうだ。

簡単に言えば、独裁者の工業大国！　って感じの国。

本を読みながら、挿し絵にあった皇帝とは関わり合いになりたくないと、心底思った。まぁ、そんな日は来ないと思うが。

無駄に豪華な装飾の施された服装に、ふくよかな身体。

いかにもな感じすぎて、うわー……となる。

次に、エイズーム王国。「エイズーム」とは「東の果て」という意味らしい。初代国王の名前だという説もあるけど。

俺が住んでいるのもこの国なわけだが、生まれてきたのがここで本当によかったと思える国だ。

王政ではあるが議会も設置され、王の善政により国民の生活水準は世界最高。

農業、魔法ともに発展し、経済規模も一番だ。

しかし、人口のわりに面積が狭くて四大国で一番小さい。

それを聞いたときは、日本っぽいなと思って神様の悪戯心に笑みがこぼれた。

国王の名前は確か……キサム＝テラ＝オーイォ……なんとか。

無駄に長い名前だった気がします、はい。ごめん、キサムさん。

そして、西にあるヒダセイリ。

人口が一番多い、多民族国家だ。

人族が国を統一しようと帝王を名乗るも、滅ぼされてどうのこうの……と、戦国時代のような歴史をたどっている。

魔法技術はあまり発達していないが、農業国で物価も比較的安い国らしい。

最後に、南のデューヴ。人口は四ヶ国中で三番目。

血の気はちょっと多いが、陽気で気さくで楽観的という国民性だそうだ。

その国民性に惹《ひ》かれてか、最近では獣人の方々も移住してきて、夜な夜な人族と獣人が一緒になって宴会を開いているという話らしい。

そんなデューヴだが、商業がとても発展している。

儲《もう》かりまっかーぼちぼちでんなぁ。

デューヴの商人は、そういう質《たち》らしいぜー。

……という冗談はさておき、デューヴの商人のすごさを表す有名なエピソードがあるのだ。

このラナア大陸、北西から南東に向かって大きな『魔の森』がどーんと広がっている。

魔の森は何かって？

文字通り、魔が湧き出ている地域で、ごっつ強い魔物が大量発生しているところだ。

その魔の森によって、ヒッツェ・エイズームの地域と、ヒダセイリ・デューヴの地域は分断されている。

しかし、心身ともに異様に強いデューヴの商人は、分断された二つの地域を行き来して商売をしているらしい。

……すげぇ……商人魂《あきんどだましい》だな……。

改めて商人の強さは万国、いや万世界共通なのだと実感させられた。

ちなみに、エイズーム王国の東側にも魔の森があるため、エイズームは東西を魔の森に挟まれていることになる。

実は、古くは東の果ての魔の森だけをエイズームと呼んでいたらしいのだが、魔の森に挟まれた今の国土を開拓した人物——つまりは初代国王が開拓地にエイズーム王国建国を宣言したため、今の呼び名になったらしい。

この地を切り拓いた初代国王……よっぽどのツワモノじゃねぇか。

……王族ぱねぇー。

王家と民との距離が近いのも、民とともに国をつくってきたという歴史的背景があるからだとか。

それぞれの国に関する問題に一通り答え終わり、俺は息をついた。

「……まぁ、合格ですかね」

妙な覚え方をしてますけど、とぼやかれたが、どんな覚え方だって覚えられるならいいのだ。

「ところで、ジョーンせんせい」

話を変えたのは、アレだ。決して必死さを誤魔化《ごまか》すためなんかじゃないぞ。

「どうしました？」

くそっ、見透かしたような目で俺を見るな！

その綺麗な顔でニヤリと笑うなっ！

このドS野郎め！

……まぁ、いい。

今はそうやって笑っているがいいさ。

「このままえおぼえた、きぞくのかんけいずありましたよね。ぼく、あれのシャクイとかおしえてもらってないんですが」

あ、という顔をしたのを俺は見逃さなかった。

やっぱり忘れてやがったな、コイツ。

しかし、先生はすぐに何でもなかったような顔になり、澄ました調子で「それは、今からやる予定だったのですよ」などと言い出した。

「……そうなんですか？」

ニヤリと笑った俺。

……してやったり。

久々にやってやったぜぇ！

……とか調子に乗っていたら……アレ……？　なんか、寒く……ない？

気づけば、ジョーン先生の冷たく鋭い視線。

わー、これくらいで怒るなんて、子供みたいですね。

……。

……。

……はい、ごめんなさい。

簡単に負けた俺であった。

いや、あとが怖くて降参したとか、ビビったとかじゃないぞ。

これは、ほら、あくまで先生としての威厳を守ってあげるためにですねー。

って、誰に言ってんだ、俺。

俺は笑顔で先生を見上げた。引きつってなんかいないぞ……たぶん。

さあさあ、早く教えて下さいな。

「……仕方ありません。教えましょう」

何が仕方ないだ、先生が忘れていたんだろう、とは絶対に口には出せない。

そんなことをちらりと思った今この瞬間も、ギロリと睨《にら》まれてしまった。

……見つめちゃいやん。

「……おねがいします」

「このエイズーム王国には、まず、貴族と騎士と平民がいるのは知っていますね」

「はい」

「爵位は、このうち貴族の中での位です。『六爵』と呼ばれる制度なんですが、上から公爵、侯爵、伯爵、子爵、男爵、準男爵となっています。上位の五爵は古い時代からの貴族家が基本ですが、準男爵は……何だと思います？」

「えーと……てがらをたてた、きし……とかですか？」

前世の小説でもありがちな設定を言ってみた。

「その通りです。よく分かりましたね。さらに、その後の活躍がめざましければ爵位は上がっていきます。古い時代から爵位を持つ貴族もそれは同じです。ただし、新しく爵位を得た貴族は手柄を立て続けないと一代限りになってしまいます」

まぁ、想定通りだ。小さく頷く。

「ちなみにウィル君の家、ベリル家は最上位の『公爵』で、この国で最も古参の名家です。ベリル家の初代は、初代国王の友人だったとか」

新事実。

王族ツワモノーとか思っていたら、俺のご先祖様もすごかったらしい。

驚きながらも、何だか納得。

父さんのチートも、ツワモノの血ですかね。

「一応補足するとヴェリトル家も結構古くから続く貴族です。古さ故《ゆえ》に爵位を取り上げられたりはしませんが、いつまで経っても『子爵』というのは納得ですよね」

……ひっ。

黒い黒い、オーラ黒いぜ、ジョーンさん。

「現国王は、歴代の中でも突出した政治手腕の持ち主で、腐ったゴミをなんとか掃除する方法を探しておられるとか。早いところやって頂きたいものです」

目を細めた先生は、とても綺麗でした。

——怖いけど。

俺がビクビクしていると、ジョーン先生はぽつりと付け加える。

「ま、宮廷の機密情報ですけど」

聞こえちゃいました。

ねえ、怖いよ、怖いってアナタ。何者なんだよ！

「私は、是非、国王様に協力したいもので」

俺を見てニコッと笑う先生。

言ってること正義っぽいけど……。

うん。皆《みな》まで言わないでおこう。

「ぼくもしょうらいは、てつだいたいです」

父さんもやってるだろうからねー……。

執務室の風景を思い出し、あの膨大な資料はそれが理由だったのか、と一人で納得する。

……まぁ……貴族の身辺調査なんて、探偵さんみたいなモンだよ、な！

期待しております、と微笑んだ先生は鞄の中をごそごそと探り出した。

あのー……嫌な予感がするのですが……。

「では、そのためにもみっちり勉強ですね」

――結局そうなるのか……！

不肖ウィリアムス＝ベリル。今日は、大人になるために大切なことを学んだ気がします。

26

薄暗い夜道の脇を三つの人影が音もなく通り過ぎる。

一つは長身で、見るからに重量級の影。鍛え上げられた重そうな肉体は、しかしビックリするほど軽やかに無駄のない動きをする。

一つは、小さくて華奢《きゃしゃ》な影。まだ子供かと思われるほどの体形には似つかわしくない、洗練された動きを見せる。

最後の一つには、これと言った特徴はない。平凡な身長、体形。一度見ただけでは覚えられないであろうその平凡な人影は、およそ一般人とは思えない身のこなしをしていた。

「ここか？」

小さく呟かれた『華奢《きゃしゃ》』の言葉に、『平凡』が頷く。

三人の目の前には、まるで城壁のように高く頑丈そうな塀が立ちはだかっていた。

すると『長身』が突然、『華奢《きゃしゃ》』を小脇に抱えて――投げた。

『華奢《きゃしゃ》』の身体は見る間に塀のてっぺんまで行き、猫のような動きで塀の上に着地してしまった。

『華奢《きゃしゃ》』から無言で投げ下ろされた縄のようなものに下にいる二人が掴《つか》まると、『華奢《きゃしゃ》』はその細い身体に似合わず、力強く一気に二人を持ち上げた。

「《影》」

『長身』が低く呟くと、三人の身体が闇に溶け込んだ。

油断はしていないが、気負ってもいない。

慣れはしているが、気が緩んではいない。

隙はないが、余裕はある。

明らかにその道のプロと見えるその三人組は悠々と、敷地内を歩いていった。

◆　◆

その日の朝、俺はいつものようにマリーさんに手を引かれて、食堂に行った。

そんな俺も、もう四歳である！

気がつけば一年が経ち、お誕生日会がまた行われた。もう一年経ったのかとビックリする反面、あの三歳の誕生日会があったからこそジョーン先生という友人ができたのだと思うと、あのときの緊張感も懐かしくて、いい思い出だ。

……それにしても、もう俺も四歳なんだから、いい加減手を引かれるのは恥ずかしい……。

やめてくれ！

そう言えたらどんなにいいか！

マリーさんに孫を見るような優しい瞳で見られると、とてもじゃないが言い出せない。

しかし、三歳の頃はまだ足取りがおぼつかなかったから仕方ないとして、もうそろそろアウトだと思うんだ。

でも、このまま言い出せずにズルズルと続いていってしまいそうで恐ろしい。


朝食を終えて、俺は自分の部屋へと向かった。

「ふへぇー……」

部屋には自分一人ということもあり、だらしなくテーブルに突っ伏す。

今日は授業がない。

というのも、ジョーン先生のお母さんが危篤《きとく》らしく、先生は家に帰らないといけなくなったからだ。

その知らせが来たのは、今朝。

ジョーン先生は「すみません」と言ってすぐに支度を始め、俺が朝食を食べ終わる頃にはすでに出発した後だった。

最近は、父さんに剣の稽古をつけてもらうようにもなったので、授業の代わりに父さんにお願いして――と思っていたら、仕事関係で何か事件が起こったらしい。

やってきた部下を連れて、父さんも慌ただしくどこかに出かけていってしまった。

こういう日には偶然は重なるもので、母さんはかねてから茶会の約束があって外出中。今日は戻らないらしい。

「……なんだかなあ」

そういうわけで、今日はこの屋敷には俺とメイドさん達しかいない。

最近のこの時間は授業だったから、メイドさん達が遊びに来ることはなかったが、今日はチャンスだということに気づいてしまうのも時間の問題だろう。

そこで、俺は今、一つの問題に直面している。

このまま、この部屋に残って久々にメイドさんたちに遊ばれるか、逃げるか。

「……うむ」

考えてはみるものの、最初から答えは決まっている。

そう勿論《もちろん》――

「しょこ、いこうっと」

――逃げる、だ！


長い廊下を歩き、慣れ親しんだ書庫に向かう。

まぁ書庫と言っても屋敷の部屋の一つで、執務室の隣にあるのだ。

もう書庫でコソコソとする必要はないが、メイドさんに見つかると部屋に連れ戻されて遊ぶことになってしまうので、それを避けるための対策が必要である。

――うーん……間違ってもメイドさんたちが執務室に入ってくることはないかな……。

書庫に入り、半径十メートル内に《気配察知》の魔法を張る。

さらに、念のための予防策。

「《瞬間移動予約》」

《気配察知》の魔法の範囲内に誰かが入った瞬間に、俺の身体が執務室に移動するように座標をセットしておいた。これで誰かが書庫へやってきたとしても隠れられるぜ。

許可のない者は入ることのできない執務室。俺にとっては良い避難場所である。

初めてやってみる魔法なので一応詠唱したが……「予約」……なんか自分の語彙力《ごいりょく》のなさが表れている気がするな……。

でも、無駄にかっこつけて難しい言葉を使っても、中二病にしかならない。

むむ、難しい……。

良さそうな言葉を後で考えよう、うん。

この世界の人に、詠唱と言われている日本語の意味が伝わるわけじゃないけど……まぁ、気分的にそういうのって大事だ。

一人、小さく頷いた俺は、書庫で本を漁り始めた。

◆　◆

ふぅと浅く溜め息をついて、分厚い本を閉じた。『毒薬・劇薬　ヤク書』という本だ。

怪しいタイトルの本だが、結構ためになった。

薬とその症状、さらには解毒方法が書かれていた。

この世界にも麻薬みたいな効果の植物があるみたいだ。名前は魔薬と言うらしい。

身体の中の魔力を乱すことで一時の快感を得るが、それは自分の精神を壊すのと同じで、しかも依存性があるために一度手を出すと止《や》められないのだとか……まんまじゃん。

昼食の後もさっさと逃げ出して書庫に籠《こ》もっていたのだが、気づけばすっかり日が暮れて、外は闇に包まれて静まり返っていた。

……やべ。そろそろ戻らないと……と、立ち上がったときだった。

ピン！　と頭の中に糸が切れるような感覚がした。予約しておいた魔法が発動したのだ。

あっと思った瞬間には、俺は執務室に移動していた。誰かが俺の《気配察知》の範囲内に入ったらしい。

《暗視》

灯りのついていない部屋で、無詠唱で魔法を使う。

はっきり見えるようになった室内の様子を窺《うかが》いながら、さらに違う魔法を発動する。

《気配消滅》

これは、自分が接触して出した音と、漏れ出す魔力を消す魔法だ。

気配は……気配は――あった。

この執務室に、メイドさん達が来ることはない。

そして今、父さんは家を空けている。

母さんやジョーン先生も出かけたっきり。

跳ね上がる心拍数を抑えようと深呼吸して、室内を見回しつつ、気配の位置を探る。

すると、本棚の方にわずかな気配が感じられた。視覚では捉えられないが、漏れ出る魔力で分かる。

――三人。

何者かは不明だが、真っ暗な部屋で資料を漁ろうとしている。

うん――どうやら彼らは歓迎されない客人のようだ。

《魔法効果透視》

闇に紛れていた姿が露《あら》わになる。やはり魔法で姿を隠していたらしい。

ぴっちりとした黒い服を身に纏《まと》った三人組。さながら忍者のようだ。

二メートル近くはある巨漢が一人と、華奢《きゃしゃ》な体形の奴が一人と、特徴のない体形の奴が一人。

幸いにも、こちらには気づいていないようだ。

巨漢の忍者が資料に手をかける。

何を探しているのかは分からなかったが、嫌な予感がした。

ここには機密情報がある。

――怪しい。怪しすぎる。

防御結界を張る。身体能力を強化する。脳の処理能力を上げる。移動速度を上げる。

次々と魔法を発動して、できるかぎりの準備を尽くした。

ここでもたもたして、奴らに逃げられるわけにはいかないのだ。

意を決して、震えそうになる声を制しながら話しかける。

「なにをしていらっしゃるのですか？」

もしかすると、父さんの部下が緊急の何か特別な理由があってここにいるのかもしれない。

まあ……可能性は極めて低かったが、万が一の場合だ。

「っ――！」

しかし――……万が一はなかったようだ。

華奢《きやしや》な人が何かを放ってきた。

身体に当たる前に結界で弾かれることは分かっていたが、俺は飛んできたものを反射的に屈《かが》んで避《よ》け、そのままの勢いで地面を蹴り出して、一気に相手との間合いを詰めていく。

華奢《きやしや》な人は、突っ込んでくる俺に向かって再度何かを放った。

しかし、俺はそれによってできた一瞬の隙を見逃さない。

跳び上がって華奢な人の背後に回り、頸椎《けいつい》に手刀を入れる。

その瞬間、避けた何かが壁に突き刺さる音が聞こえた。

……やっぱり飛び道具か！　あぶねっ……。

しかし、胸を撫《な》で下ろしている暇はない。

残りの二人が、仲間がいとも簡単に倒されたことに驚いたのは一瞬だった。

相手が子供だとわかり、力でねじ伏せるため接近戦に持ち込もうとしている。

いくら魔法で能力を強化しても、大人と子供の体格差はどうにもならないと考えたのだろう。

しかし――甘い。

――いいだろう。

俺は一旦後ろに下がってテーブルに手をつき、魔法で木刀を作り出して構える。

魔法で重力を操作し、斬りつけてきた特徴のない人に重みをかけてやる。

突然の不可解な現象になすすべなく、その人は重力によって前のめりになった。

そのチャンスを逃すまいと、跳び上がって木刀で斬りかかる俺。

しかし、その一瞬の出来事に反応して、俺の左側から巨漢が回し蹴りをしてくる。

跳び上がった俺を見て、地面に着地する直前を狙いにきたのだろう。

……ならば――

「……はっ！」

俺は体勢を変えて空中を踏み切り、巨漢の鼻っ柱に膝蹴《ひざげ》りを入れた。

巨漢は脳震盪《のうしんとう》を起こしたのか、音を立てて床に倒れ込む。

「――!?」

特徴のない人は、何が起こったのか分からなかったらしい。

驚いて怯《ひる》んでくれたその隙に、俺は魔法を発動させる。

「《拘束》」

三人を纏《まと》めて、見えない紐で縛る。紐は、俺の魔力の塊だ。

これで三人は動けないだろうが、念のために特徴のない人にも手刀をお見舞いして気絶させる。

しかし、まだ気は抜けない。

《気配察知》

感知できる範囲を広げて魔法を発動し、他に共犯者がいないことを確認した。

「……はあぁ……」

一気に肩の力が抜けて、深い溜め息が出た。

身体に施した結界だけは残して、他の魔法を解く。

しばらくはこの三人の意識は戻らないだろうが……念には念を入れ、彼らにかかる重力を限界まで上げておいた。

悪どいとか言うなよ、自衛なんだ。

一応、首から上には重力をかけないでおいたんだから、許してくれ。なんとなく、頭に重力がかかったらヤバそうな気がするからな。

……。

なんか、やべぇ。

俺ちょっと頑張っちゃったよ！

こいつらが何処《どこ》の雑魚《ざこ》かは知らないけど、四歳の子供が大人を倒すなんて!!

マンマミーア！

自分で自分を褒めてやりたいぜ！

マンマミーアの意味とか知らないけど。ノリだ、ノリ。

上機嫌になって緩んだ俺の頬は、壁に突き刺さった数本の刃物を発見したことにより引き締められた。いや、引きつらされた。

は、早く、父さんたち帰って来ないかな。

27

今日という日は、朝起きた瞬間から嫌な予感がしていた。

違和感を覚えながら食堂に行くと、四歳になった息子がはにかんだ顔で手を引かれていた。

……癒される。

我が息子ながら、可愛すぎると思うぞ。

私の髪の色に、リリィの瞳。

それだけで充分可愛いというのに、短い手足や柔らかなほっぺが更なる可愛さをプラスしている。

メイドたちの盛り上がりようも理解できる。あの堅物のマリーでさえ骨抜きだ。

それにしても、ウィルは恐ろしいほど頭が良い。

ジョーン君が『宮廷学者の卵レベルです』と冗談を言っていたが、そのたとえも大袈裟《おおげさ》という気がしない。

この間、執務室でなんなく資料を読みこなしていたのには驚いた。あの年で食事のマナーも完璧、文字の読み書き、計算も完璧だとジョーン君が褒めちぎるのもよく分かる。

すごいことだ。

そんなことを考えながら、小さな口ではむはむ食べているウィルを見て和《なご》んでいると、食事中の私のところに申し訳なさそうにメイドがやってきた。

聞けば、ヴェリトル家の使者が来たという。ジョーン君の母上が危篤《きとく》状態ということだ。

申し訳なさそうに遠慮しているジョーン君を、無理やり送り出した。

……感じていた嫌な予感はこれだったのか？

しかし、胸騒ぎは収まらない。

ふむ……。今日のウィルの授業は中止か。

最近、たまにウィルに剣の稽古をつけている。

といっても、まだ剣の握れないウィルに、私が型を見せているだけなのだが。

それでも、目をキラキラさせて真剣に見つめる息子がいるというのは嬉しいし、楽しくもある。

そろそろ子供用の剣を用意させて、ウィルに剣を握らせようか。

食事を終えて執務室に向かおうと廊下を歩いていると、背後から呼び止められた。

「キッ……キアン様！」

振り返ると、私の部下がいた。顔に浮かんだ焦りを見るに、至急の用事ということでメイドに通してもらったのだろう。

「どうした？」

部下の逼迫《ひっぱく》した雰囲気からすると、事態はどうも芳《かんば》しくないようだ。

「は、はい！　例の奴らが王都にて動きを見せたとのことでございます！」

王都で……？

最近、『奴ら』は身を潜めていたはずだ。こうも突然、王都という目立つところで動き出すだろうか。

疑問は残るが、今ここで確かめる手段はないので、とにかく準備を急いだ。

思わず舌打ちする。

朝からの胸騒ぎの原因はこれだったのだろうか。

今度こそ、そう確信できるほどの事態が起きているというのに、まだ僅《わず》かに引っかかるものがある。

いったい、どうしたというのか……。

念のため、ウィルに家から出ないよう言いつけ、走るようにして馬車に乗り込んだ。

今から馬車を全力で飛ばして……ギリギリ間に合うだろうか。

部下の言っていた『例の奴ら』――これは、闇社会とつながる一部の貴族達を指している。

私は、今この国で誇りある騎士団長を務めている。これは表の仕事。

裏では王直々の命《めい》で、貴族達の不正の証拠を洗い出す作業をしている。

エイズーム王国の現国王キサム＝テラ＝オーイォ＝ラナアリス＝デ＝エイズーム。

訳あって、私の友人でもある。

キサム国王は、国民の生活水準を向上させる等の善政をしいて民衆から人気がある一方、その分甘い汁を吸いにくくなった古参貴族の一部からは、反感をかっている。

暗躍する彼らの情報をキャッチし、事前に悪行を阻止してほしい。

それが、友人であり国王であるキサムの頼みだった。

もうすでに数々の証拠が集まっていて、資料もまとめてある。

ここ最近では、奴らは法律で固く禁じられている奴隷取引に手を出しているとの情報が入ってきた。どんな手段を取ってでも、金を集めたいらしい。

つまり、奴らが動き出した、というのは、国内で奴隷の『売買』が行われるか、他国へ奴隷を『輸出』するための商船への『積み込み』が行われる、ということだ。

奴隷の国内売買なら、夕方から深夜にかけて行われるだろうと予想されるので、まだ時間はある。

しかし部下の様子から見て、事態は深刻。

つまりは、他国への奴隷輸出の可能性が高いということ。

王都は大河に面していて、その流れは隣国のヒッツェ皇国にも続いている。

奴隷たちが商船に乗せられ、ヒッツェ皇国に渡されてしまった後では、我が国からはもう手は出せない。

そして――……『奴ら』の筆頭貴族の名は、ジン＝ヴェリトル。

そう、ウィルの教育役ジョーン君の父親である。

父親のジンとジョーン君は、どのくらいの繋がりがあるのか調べてほしい、という要請が国王からあり、そんな折にちょうど本人からもウィルの教育役を志願する話があったため、監視も兼ねてジョーン君を我が家に迎え入れることにした。

あわよくば、ジンや関係者の情報を引き出そう、という狙いもあったが不発に終わった。

ジンとジョーン君との繋がりは見られなかった。完全に家を捨てたようだ。

ヴェリトルの名前を出すだけで、普段は温和なジョーン君が不機嫌になる（とウィルが言っていた）らしいので、相当なものだ。

日は真上に昇りかけている。

このままでは、船が出港してしまう…………？

それにしても。

やはり朝から続く胸騒ぎの理由は、これだけではない気がする。

僅《わず》かな引っかかりを抱えたまま、馬車の外を見つめていた。

◆　◆

「キアンはおびき出せたか？」

「はい。案外簡単でしたね」

過剰なほど豪華に装飾された部屋に、丸々と太った男が二人。

一人は五十代半ばといったところか。「そうか」と言って、白いシャツに収まった、でっぷりとした腹を揺らして笑った。

もう一人は三十代。五十代の男ほどではないにしろ、ふくよかな身体の上に乗った顔は、若さとも相まってパンパンに張って丸くなっている。

「して、ジョーンの方は？」

「呼び出してあります」

ニヤリと笑った若い方も、いかにも悪役といった振る舞いだ。

金ピカなソファに座っているこの二人こそが、反国王派筆頭ヴェリトル家の当主とその息子である。

当主ジン＝ヴェリトル。代々続く貴族家の当主であることが誇りで、その地位以外には何も誇ることがないタイプの、絵に描いたような悪役貴族である。重税、浪費、賄賂。領民を苦しめることしか能がない。

その息子で長男のジャン＝ヴェリトル。父に負けず劣らず悪名高く、花街に入り浸って賭博で金を擦《す》っている。

この救いようのない一家でジョーンがまともに育ったというのは、奇跡としか言いようがない。

「で、あっちは大丈夫なのか？」

ジンが声を潜《ひそ》めて尋ねた。

「凄腕の『影』に頼みましてね、父上。あやつらにできぬことなど、ありますまい」

ジャンも小さな声で答えた。

『影』――裏社会の住人。依頼人から仕事を請け負い、水面下で任務を遂行する組織である。

忍者やスパイ、そんなたとえが似合うだろう。

そう、依頼とあらば暗殺も厭《いと》わず、どんな危険な任務でもやり遂げる。

総じて戦闘能力が高く、『影』の一族に伝わる《影》という魔法があるとも言われているが、『影』の姿やその魔法を見た者はいない。

そんな『影』に、ヴェリトル家が依頼したこと。

一つは、キアンが集めた自分たちの犯罪の証拠隠滅。

もう一つは、キアンの息子であるウィリアムスの誘拐。

ウィルの身と引き換えに、キアンに反国王派に寝返ることを誓約させようとしているのである。

◆　◆

「まだ着かないのか……！」

ヴェリトル家へと向かう馬車の中で、私は思わず不満を漏らした。

母が危篤で一刻を争うというのに、この馬車の進みは遅すぎる。

それに加え、馬車の揺れで私のイライラは徐々に高まっていた。

「ジョーン様、もう少しでございますよ」

へこへこと頭を下げて御者が言った。貼り付けた笑顔の裏で何を考えているのか。

そもそも、なぜこんな時に笑っていられるのだ。

馬車は相変わらず、まるで時間をかせぐかのように速度が上がらないまま走り続けている。

そんなことはない、と言われても、とてもではないが信じられない。

ふと、嫌な考えが頭によぎる。

あの男は、また何か企んでいるのか――……？

……いや、しかし……。

あの父にそんなことができるだろうか。

それに、もしものことがあったとしても、あの家にはキアン様がいる。

この国最強のお方がいるのだ。

それでも嫌な予感は消えなかったが、ひとまずは頭から振り払うことにした。

四時間かかり、やっと屋敷が見えてきた。

それだけで身の毛がよだち、生理的嫌悪を感じる。

ヴェリトルの屋敷はとにかく趣味が悪い。

白を基調とした建物のところどころに金箔がちりばめられ、豪華な彫刻が施されている。そして、屋敷を囲むように薔薇《ばら》が植えられているのだ。

言葉だけ聞けば、どこかの王族の屋敷のようだが、とにかく品がない。

母もその家の人間ではある。しかし、私を生んでくれたのは彼女だ。

危篤《きとく》と言われれば、行かないわけにはいかない。

馬車を降りて屋敷に入ると、出迎えたのは笑顔の父と兄だった。

――あぁ、くそ！

だまされた！

すべてを理解して父と兄を睨《にら》みつけた瞬間、後頭部に強い衝撃が走った。

倒れ込んで意識が朦朧《もうろう》とする中、あの方の笑顔が浮かぶ。

ウィル君――どうか、無事で――……！

28

神妙な面持ちで腕を組み、床に倒れている三人の大人を見下ろす幼児がいた。

ていうか、俺だ。

……さて、どうしたものか。

深く溜め息をついた。

とりあえず侵入者を見つけて、戦って拘束したところまでは良かった。

しかし、待てど暮らせど父さんは帰って来ない。

仕事でトラブルが起きたみたいだったから、もしかすると、もう今晩は帰って来られないのかもしれない。

母さんも、従姉妹のところで催される茶会に出た後、一泊してくるらしいし。

この世界には車も電車もなくて交通が発達していないから、どこかに行っても日帰りというのは難しい。

俺……前世は便利な世の中にいたんだな。

あっちは魔法もないのにすげぇや。

いや……今度、魔法で走る車とか作ってみようかな……。

おーう、話が逸れた。

とにかく、父さんたちが今夜中に帰って来る確率は極めて低い。

ジョーン先生に至っては、いつ帰って来られるのやら……。

今後の対応は父さんたちに任せようと思っていたのに、非常に困った。

何だって、こんな偶然にも三人ともいないいんだよ！

アレか、神様の悪戯《いたずら》か！

「……？」

ふと違和感を覚える。

いくら偶然でも程があるんじゃないか。

——いやいや。

首を横に振ってみるも、一度浮かんだ仮説はものすごい速度で不安を増幅させていく。

偶然じゃないとしたら……？

馬鹿な考えかもしれない。

今の状況に混乱しているから、こんなことが思い浮かんだのかもしれない。

でも、もしも偶然じゃなかったら……？

父さんの執務室に用事がある人がいるとする。

しかしこの屋敷には、国で最強と言われる父さんに、戦力としては未知数の母さん、さらには宮廷に仕えるジョーン先生がいる。

おいそれと手は出せない。だったら、三人とも不在のときを狙えばいい。

母さんが外出する日に合わせて、父さんの仕事に関係する事件を遠方で起こせば、二人とも家を空けることになる。

ジョーン先生――ジョーン先生は……？

俺の魔法で拘束されて床に転がっている三人を見やる。

初め三人を見たとき、忍者のようだ、と俺は思ったのだ。

その人物が、執務室の資料を漁ろうとしていた。

つまり、父さんの集める資料に用があったわけだ。

馬鹿な……と思いつつも、考えれば考えるほど、パズルのピースが嵌《は》まっていくような感覚に陥る。

――ジョーン先生は、ヴェリトル家に誘《おび》き出された。

いや。ダメだ。こんなことを考えては……。

――父さんの資料には何があった？

いつだったか、ジョーン先生は授業中に言っていた。

『現国王は、歴代の中でも突出した政治手腕の持ち主で、腐ったゴミをなんとか掃除する方法を探しておられるとか。早いところやって頂きたいものです』

そして、父さんはヴェリトル家の資料も集めていた。

つまりは、父さんの集めた情報の中に、ヴェリトル家にとっては放置できないものがある、と考えられる。

今回の事件の首謀者は、ジョーン先生の父であるヴェリトル氏……？

いや、まさか。

頭を振って否定する。

でも、どこかで間違っていないと言っている自分がいる。

それも、次第にその声が強くなっていく。

もし、本当にヴェリトル氏が首謀者だったとしたら、ジョーン先生が危ないかもしれない。

考えたくなかった事実。

少し考えればすぐに気がつくことなのに。

無意識に考えようとしなかったのかもしれない。

確かめよう。

俺には、それができる。

でも……結局は怖がっているのだ。

今だって、この捕まえた人たちを大人達にどう説明するのか、なんて、別のことを考えようとしている。

どうやって誤魔化《ごまか》そうか。知らんぷりをしようか。

俺は今、幸せなのだ。

正直に事情を話したら、そして魔法で先生を助けたら、大人顔負けに魔法を使える化け物と思われるかもしれない。

だから、必死で考えないようにしていた。

大切な人が危険な目に遭っているかもしれないのに……。

でも、その人がいなくなっては元も子もない。

もし、この幸せな関係が壊れてしまっても、生きていてくれさえすれば、何かできるかもしれないじゃないか。

――よし。

心を決めると、俺はすぐに行動に移した。

まだ確信したわけじゃない。

それでも、少しでも可能性があるなら、行ってみるだけ損はないはずだ。

まだ気を失っている三人の身体から、魔力を抜かせてもらう。

もし俺がいない間に気がついたとしても、魔法を使って、この束縛を解くことはできないだろう
……あと二日は。

あ、死なない程度に取っただけだから大丈夫だぞ。

あと体力もがっつり奪っておく。

起きた途端《とたん》、とんでもない疲労感に襲われること間違いなしだ。

ついでに、結界の魔法に俺の魔力の糸を複雑に編み込んで、身体を簀巻《すま》きみたいにするというのもプラスしておいたよ。

……ぷっ……部屋に三匹の芋虫……。

不謹慎だ。こんな状況で笑ってちゃいけないよな。

メイドさん達には状況を知らせないようにした。

三人は忍者っぽかったし、もしかしたら、その姿を見ただけで命を狙われてしまうかもしれない。

何だかんだ言って、メイドさん達も今じゃ大切な家族だと思っているのだ。

食堂で簡単な食事を取って、もう寝ると言って自分の部屋に戻った。

「めざすは……ジョーンせんせいのところか……」

呟いて思案する。

うーむ。どうやって先生のところに行こうか……。

色々と考えてみたが、結局はジョーン先生の魔力を追うという方法を取ることにした。

魔法で姿を消し、窓から外に出た。

そっと窓を閉め、俺は周りに結界を張って上空に舞い上がる。

よし、行こう。

先生の気配があるのは——南西か。

一気に空を飛んでいく。

ヴェリトル氏が息子にまで手を出すとは考えたくないが……俺の先生という理由で何かされたら
非常にムカつく。

……今、何か空気の壁みたいのにぶち当たった気がする。

……気のせいだよな、うん。
夜の上空を飛んでいるせいか、周囲は静かで何も聞こえない。
無事でいてくれよ……ジョーン先生。
ガラにもなく本気で心配している。
何だかんだ言って、先生はやっぱり俺にとって友人なのだ。

◆　◆

「……んっ」
気がつけば、私は真っ暗な部屋にいた。
呼吸をして入ってくる空気はどこか埃《ほこり》っぽい。
ここはどこだ？
咄嗟《とっさ》に身体を動かそうとするが、動けなかった。
……何かが身体中に巻いてある……？
一瞬混乱したが、すぐに思い出した。
そうだ。私は家に入った途端、何者かに頭を殴《なぐ》られて気を失ったのだった。
ということは、私は今拘束され、監禁されているということか。

「――くそっ……」

ここまで腐っていたとは……！

実の息子にまでは手を出さないだろうと油断していた自分に歯噛《はが》みする。

とんでもない。甘かった。

奴らの腐敗した行いを見て育ったはずなのに、それでも十分には理解できていなかったらしい。

もしくは理解を拒んでいたのか。

奴らの目的は何だろうか。

私をダシに、キアン様を呼び出す気か？

いや、私では何の脅しの材料にもならないだろう。

流石《さすが》に愚か愚かと言っても、それくらいのことは判断できるはずだ。

ということは、私をここに拘束しておきたい――つまりは、私を自由にしておいては困る理由がある、ということか。

いったい、何をする気なのか。

――如何《いかん》せん、情報が足りなすぎて何も分からない。

それでも、考えないよりはましだ。

頭をフル稼働させていると……。

突然、部屋の扉が開き、暗い室内に足音が響いた。

「久しぶりだな、ジョーン」

そして目の前に現れたのは。

「——兄上」

「さあ、吐いてもらおうか」

口を歪《ゆが》めて笑う兄が懐から取り出したのは、刃物だった。

……なんだ、そういうことか。

つい笑みが漏れる。

「ジョーン、お前の持っているベリル家の情報を洗いざらい話しな」

29

ほどなくしてヴェリトル家の屋敷についた俺は、ジョーン先生が敷地の中にいるらしいことが分かり、先生の魔力を頼りに瞬間移動した。

もちろん、俺の気配と姿は消したままだ。

移動した薄暗い部屋で物陰から様子を窺《うかが》うと、縛られて抵抗のできない男が、もう一人の男に暴力を振われていた。

それも、拳《こぶし》や蹴りなんて生易しいものじゃない――刃物だ。

身体が震えた。

ここは地下のようだ。

よくよく目を凝らすと、暴力を振るわれているのはジョーン先生だった。

ジョーン先生を、男が脅しながら切り裂いている。

一気に頭に血が上った。

ふざけんな！

それは、もたもたしていた自分に対してだったのか。先生を傷つける男へのものだったのか。

やり場のない怒りは、俺を攻撃へと駆り立てた。

魔法で軽く飛び上がって、男の目の前に瞬時に移動する。

そして、魔力を集めた足で思いっ切り奴の頭を蹴った。

回し蹴りというやつだが、怒りに任せたそれは俺が思ったより勢いがあった。

男は壁に叩きつけられ、派手な音を立てる。

……アレ？　弱すぎね？

てか死んでないよね？　大丈夫だよね？

うん。死んでないさ。多分。

ややあってドサリと身体が床に落ち、男はピクリとも動かなくなった。

一応、重力で動けなくしておこう。

えいっ！

今、鼻血が見えたのは気のせいだと思う。

床に横たわる男をちらりと見る。

それにしても、ふくよかな体形でいらっしゃる。

よく見なくても分かるくらい無駄に豪華な装飾の衣装からすると、男は貴族なのだろう。

年齢は三十代と言ったところか……。

ま、それは放っておいて。

今は、ジョーン先生だ。

慌てて、先生のそばに駆け寄る。

床にうずくまる先生の身体には細かい傷がたくさんついていて、脂汗をかいている。

苦しげな先生の表情を見て、あの男への憎しみが増す。

……もっと懲《こ》らしめときゃよかった。

先生は痛みに顔を歪《ゆが》ませながら、必死に意識を繋ぎ止めているようだ。

身体中に巻かれた縄には魔法がかけられていて、先生が魔法を使えないようにしているらしい。

でも、簡単だ。

こんな貧弱なものつけといて、何の意味があるのだろう。

あまりにも弱い拘束魔法に疑問を抱きつつも、俺は無詠唱で縄に込められた魔法を消し去る。

さらに縄を消して先生の顔を覗《のぞ》き込むと、目が合った。

瞳にありありと疑問の色が浮かぶ。

肺から空気が漏れるような音が交ざりながらも、先生は声を発する。

「……っ、ウィルく……？」

「それよりも」

俺は先生を安心させるように微笑んだ。

「《治癒》」

詠唱したのは、俺が何をしたのかジョーン先生に分からせるため。

今すぐ言わなくても、後で説明しなくてはいけない。

この屋敷に来るまでに、もう開き直った。

見る見るうちに先生の生傷が塞がり、それに伴って顔色も良くなっていく。

ひとまず安心だ。間に合ったようでよかった。

破れまくったシャツから見えるジョーン先生の素肌は、学者なのに良い感じに筋肉がついていて、妙に色っぽい。

俺ばっかり見た目の劣等感を持ち続けているのは癪《しゃく》なので、もう一つオマケに魔法を披露する。

「《修復》」

これで服の破れがきれいに直った。

自然と笑みが漏れて、先生の顔を見る。

「……貴方は何者なんです」

しかし警戒されてしまった。

先生は立ち上がり、俺から距離を取った。

……地味に傷つく。

いや、確かに四歳児が大人をぶっ飛ばして、魔法を二発も使って平然としているのはおかしい、とは思うだろう。

思うだろうけどさー……。

「ぼくです。ウィルです、せんせい」

何者か、なんて聞かれると流石《さすが》に凹《へこ》みます。

自分を証明できるものなんてない。

姿を知っているものに何者か、なんて聞かれたら、こう言う他ないだろう。

見るからに肩を落とした俺に、戦意はないと判断したのだろう。

ジョーン先生は恐る恐る、ゆっくりと近づいてきた。

……俺は珍獣かっ！

「……本当に？」

「ほんとうですよ！」

「いや、でも、あの魔法に、身のこなし……」

明らかに疑っている。

うん、気持ちは分かるよ、分かるんだけど。

「みんなにはないしょですよ、せんせい」

悪戯《いたずら》な笑みを浮かべてみた。

さて……どうやって信じてもらおうか……。

……まぁ、一番手っ取り早く納得してもらおう、うん。

俺はニコッと笑って先生に近づいた。

「《転移》」

勿論《もちろん》、行き先は俺の部屋だ。

◆　◆

身体中が熱い。

増え続ける切り傷が、確実に私の体力を奪っていく。

……たとえ何か知っていても絶対に話すことはないが、そもそも、私には反国王派《ヴェリトル》が喜ぶようなベリル家の情報などないのだ。

それでも、兄は何を思ったか、刃物で切りつけ、私の腹に蹴りを入れ、拷問のような暴力を続ける――いや、これは本当に拷問だ。

確かにベリル家にはいるが、私はただの教育役なのだ。重要情報など知らされるはずがないし、知ろうとも思わない。

私はただ、ウィル君に教えているだけ。

そのことが、この馬鹿貴族《あに》には分からないらしい。

それに、ベリル家にはヴェリトル家のような不正はない。キアン様の人柄から言ってまず絶対だ。

ベリル家の弱みを握れる裏情報を話せ、といくら言われたところで答えられるはずがない。

呼吸に音が交じる。

どうやらこの身体を縛っている縄には、私が魔法を使えないように魔力が込められているらしい。

――くそっ……。

呻《うめ》き声をあげようとしたときだった。

突如、私を切りつける手が止まり、ドウンという、重いものが勢いよく何かにぶつかる音がした。

……何だ？

縄で縛られてうまく身を起こせず、状況が全く把握できない。

心臓の鼓動がさっきまでとは比べものにならないくらい速くなるのが分かる。

足音が近づいてくる。軽い足音――小柄な人物だろうか。

……助けか？　……いや、いつまで経っても私から情報を引き出せないことに業を煮やし、父が別の人間を寄越《よこ》したか？

足音は私の近くで止まり、何を思ったか、縄に込められた魔法を消した。

……なんという魔法だろう。莫大な魔力と言い、複雑な構造と言い。しかも、無詠唱ではないか。

どんな凄腕の魔法使いなのか。

こんな状態にもかかわらず、つい興味を持ってしまった。

しかし。

私の視界に飛び込んできたのは――

「……っ、ウィルく……？」

ウィル君だった。

いや、ウィル君がここにいるはずがない。

別人だろうが……それにしてもよく似ている。

「それよりも」

その人は、いつもウィル君がするのと同じように優しく微笑む。

「《治癒》」

耳を疑った。

……治癒、だと？

今は使える人は殆どいない、伝説級の属性魔法――光。

その使い手に出会えるとは……！

こんな状況ながら、学者魂が揺さぶられる。

しかしそれと同時に、この人はやはりウィル君ではない、と確信した。

今、ここに現れてから少なくとも三つの魔法を使っている。

兄を攻撃した魔法、縄の魔力を解いた魔法、私への治癒魔法。

魔力の量と魔法の技術からいって、とても四歳の成せる業《わざ》ではない。

四歳なら、一瞬でも魔法を発動できるだけで、将来は宮廷魔法使いが約束されるレベルだ。

この人はウィル君でない。

ならば、何者なのか。

見る間に塞がっていく傷に感動を覚えながらも、警戒を怠らない。

しかし、その人が次に取った行動は、またしても予想外のものだった。

「《修復》」

聞いたことのない詠唱。

身構えるが、何も起こらない――いや。

シュワシュワと服が擦《す》れるような音がする。

驚いて自分の服を見てみると、破れた布が繋がっていったのだ。

なんだ、この魔法は。

私でさえ、見たことも聞いたこともない魔法を……。

なぜ、この人は知っているのだ。

警戒を続けながらも、好奇心が溢れ出そうになる。

「……貴方は何者なんです」

この人に戦意がないことはもう大体分かっていたが、それでも聞いておくべきだ。

「ぼくです。ウィルです、せんせい」

落ち込んだ様子を見せながら、ウィル君だと主張する。

確かに、見た目も声もウィル君そっくりだが、今の自分がいかに怪しいかくらいは分かっているはずだ。

「……本当に？」

「ほんとうですよ！」

返ってくるのは、いつものウィル君の口調。

「いや、でも、あの魔法に、身のこなし……」

敵でないことは納得した。した、が……。

すぐに信じられることでもない。

しかし、次に相手から飛び出した言葉に驚かされる。

「みんなにはないしょですよ、せんせい」

悪戯《いたずら》な笑みを浮かべていた。

……それはいつぞや聞いたことのある台詞……。

なぜか、それだけで確信した自分がいた。

――この人は、ウィル君。

気づけば、自然と口角が上がっていた。

ウィル君は私を困ったような悲しそうな目で見ると、ニコリと笑って呟く。

今度は私にも分かる詠唱だった。

「《転移》」

転移。

空属性だったか……。

これも伝説級の魔法だ。

さすがキアン様の息子。ダブルというだけで驚きなのに、光と空とは――！

本当に現金なもので、さっきまでの警戒はどこへやら、学者魂がうずいて仕方なかった。

一瞬、視界が暗転したと思ったら、足の裏の感触が硬い石から柔らかいものに変わる。

再び戻った視界に入ってきたのは、見慣れた景色。

「まさか……ウィル君の部屋ですか……」

思わず、驚きの声が口から漏れ出る。

ベリル家までは、馬車でどんなに急いでも片道三時間はかかるのに、一瞬で移動してしまった。

それに、転移の魔法を二人分発動させるとは……。

この子の秘める魔力量は計り知れない。

今にも暴走しそうな学者魂をなんとか抑えつけてウィル君に目を向けると、ウィル君は不安そうに私を見ていた。

――これはこれは。

「で、ウィル君。きっちり教えていただけますでしょうか？」

いや、いつものように学者らしくいこうではないか。

眼鏡をくいと指で上げて、ニヤリと笑う。

つられるようにしてウィル君も笑った。

あぁ、私は。

本当に運が良い。

30

俺の魔法を見て、手をわきょわきょし出しそうな学者根性全開のジョーン先生に、なんとか衝動を抑えてもらって、今回の事件について話し合うことに。

「……というわけで、せんせいのたすけにはいったんです」

詳しい経緯は省いたものの、執務室で資料を漁ろうとしていた三人の侵入者を見つけたこと、そして侵入者を俺が捕まえたことを説明。

さらにその後の考察と、先生の無事を確かめに行くことにした理由を話す。

時折、先生は口を挟みたそうな顔をしていたが、ここは学者としての研究心より事件の解決の方が先だと判断したのだろう。

結局、先生は助けてもらった礼を述べた以外は、俺が一通り話し終えるまで黙って聞いていた。

「どうやってやったかというのは後ほど詳しく聞くとして……」

キラリというよりか、ギラリとした瞳を向けられた。

いーやー！

解剖しないで、マッドやめて、先生信じてるから、本当！

……マウス扱いはやめてくれよ……？

ぶるりと身震いするが、逃げ出したい気持ちを抑え、続きを促す。

「確かにウィル君の言うとおり、今回は反国王派の計画した事件として考えて間違いないようです」

はぁと溜め息を吐き出した先生の表情には、呆れと苦悩が交じっていた。

恐らく、父や兄のことを考えているのだろう。

バックの黒いオーラが隠し切れてないぜ！　背景に何故か雷が見えるぜ！

……もしかしたら先生雷属性？　後ろに見えるそのベタフラッシュの雷、何万ボルト？

……先生を本気で怒らせたら、ガチで雷が落ちてくるかもしれない……。

とかビクビクしていると、突然先生に肩を掴《つか》まれた。

咄嗟《とっさ》のことに対処できず、バランスを崩してしまう。

「ですが、まずそれ以前に」

真っ直ぐ見据えられた。

「以後、このように危険な行為は慎んでくださいね？」

笑顔の先生。

……言葉尻こそ疑問系だが、これは……。

俺は、前世の十七年とこの四年を合わせた二十一年という人生の中で、こういうときに使う最も効果的なスキルを身につけていた。

すばやく頭を下げ、謝罪を口にする。

「ごめんなさい！　もうしません！」

——そう、平謝り、である！

べ、別に先生が怖かったわけじゃない。決して。

怖いなんてことはないさ。

ただ、ほら、ここは迅速かつ円滑に物事を進めるためにも、こうしたほうがいいと思ったまでだ。

「……まぁ、いいでしょう」

まだ完全に納得したわけではない様子の先生に、俺は慌てて話題を振る。

「とっ！　とうさんはしんぱいないとおもいますが、しんにゅうしゃはどうしますか！」

……誤魔化《ごまか》すためなんかじゃないぞ。

ひとえに屋敷の治安のためにも、事件の早期解決のためにも、早く何らかの対応をしたほうがいいと思ったからであります、はい。

一瞬、先生に呆れた目を向けられたのは、気のせいだと思う。

「そうですね……。ここで憶測を話していても仕方ありませんし……まずは彼らに会ってみましょうか」

先生の提案を拒む理由はない。

メイドさん達に見つからないように、《瞬間移動》もとい《転移》をすることに。

勝手に瞬間移動と呼んでいた俺だったが、この世界の一般的な詠唱では《転移》と言うそうだ。

ヴェリトル家から戻るときに、言葉の響き的に《転移》の方がカッコつくよな、と思いついて言ってみたのだが、この世界ではこっちが正解らしい。

別に自分で考えた詠唱にこだわりがあるわけではないので、一般的なものに合わせることにした。

先生と目を合わせて小さく頷き、呟く。

「《転移》」

◆ ◆

「……なぜ」

意識を取り戻した瞬間に口をついて出たのはその言葉だった。

『影』の身としては有り得ない行動だ。敵地で声を出すなんて――しかも、動けない状態で。

わけが分からない。

記憶がないわけではない。しかし……

じっとしているのに体中に激痛が走り、眉間に皺《しわ》が寄る。

今度は声を出さなかった。

どんな痛みでも声を出さないよう、『影』になるために訓練を受けたのだ。

その訓練のなかには相手を確実に殺す方法もあり、これまでしくじったことなどなかった。

だからこそ、「なぜ」という言葉が思わず漏れてしまったのかもしれない。

床に転がった状態で周りを見回した。この部屋には、我々『影』以外には誰もいないようだ。

他の二人はまだ意識を失っているらしい。

それにしても、とまた疑問が湧いてくる。

意識を失っているとはいえ、『影』の一員である自分たちを監視もなしに放っておくとはあまりに不用心ではないか。

我々はプロである。

どんな風に縛られていようと抜け出す術はいくらでも心得ている。

そこで、身体を動かそうとして、はっとする。

――動かない。

縛っているものは見当たらないのに、指先一本すら動かないのだ。

まるで、身体が鉛になってしまったようだ、と冷静に分析する『影』としての自分がいるとともに、得体の知れない恐怖に脂汗をかく私もいる。

この汗は身体中の激痛のせいだ、と無理に自分を納得させて、どうしようかと考え始める。

そもそも、この任務は簡単だったはずなのだ。

依頼人が、潜入する家の主を外におびき出してくれているとのことだった。

メイドしかいない屋敷に侵入して、資料と子供を運んでくる。それだけのはずだった。

依頼人がどこの誰なのかは知らない。

私は、飼い主に言われた通りに行動すればいいのだ。

もっとも、言われた通りにしたくなくても、身体が勝手にしてしまうのだが。

それは首につけられたものが原因。

隷属の首輪、と言われる魔道具だ。

何度も試した。外せないか、壊せないか、必死に何度も何度も。

それでも未だについている、この忌まわしい首輪。

国ではすでに奴隷は禁止されていて、隷属の首輪など今は存在しないと信じて疑わなかった……

あの時までは。


私は、孤児だった。

母も父も顔すら覚えていない。

そこに特に思うことはなかったが、やはり自分はあまり幸せとは言えない境遇だったと思う。

身を置いていた孤児院では食事も満足に与えてもらえなかった。

その孤児院で密かに不正なことが行われているらしいというのは、少し大きくなってから街で知ったことだ。

何より、私はその環境下でも更に酷い扱いを受けていた。

迫害、虐待、侮蔑。差別。

そうされるのが私という存在なのだと、幼かった私は素直に受け入れた。

だって、自分は周りにいる子供たちと明らかに違ったのだ。

——獣人。

丸みを帯びた素肌の耳が頭の左右についている代わりに、私には頭の上に毛の生えた獣の耳がちょこんと載っているのだ。

しかし、フードを被って街に出て、人と関わるうちに世界は小さくも広がった。

そして、いつしか思うようになった。

孤児院なんてさっさと出て、世界中を旅する冒険者になろう。

そう思って希望を持ったのも一瞬だった。

心に決めたその日に、私は売られた。

その日の夜も、いつものように寝心地の悪い硬い床に寝たはずだった。

今思えば、あの夜は珍しく十分な食事を与えられたのだが……そのなかに睡眠薬でも入っていたのだろう。

気がつけば、私の首には薄黒い金属の首輪がつけられ、訓練が始まった。

気配を消す訓練。

痛みに耐える訓練。

毒に慣れる訓練。

……人を殺す訓練。

初めは必死で抵抗しようとしたのだ。

それでも、命令を忠実に実行していく身体――まるで私と身体が切り離されたようだった。

私が死んでも身体だけは勝手に動いて、また命令を実行するのではないか。

そんなことを何度も考えた。

しかし、いつしか抵抗することを諦め、命令に従うようになった。

血で汚れた手はあまりに罪深く、誰かに救いを求めようという考えすら起こらなくなってしまったのかもしれない。

『影』の仕事は多岐に亘《わた》るが、私の任務は暗殺や誘拐が多かった。

体格の違う三人で一チームを組まされ、任務を消化していく。

他の二人も私と同じような状況なのだろうか。

無表情の長身の影と、平均的な体格の影。彼らの口から言葉が発せられることは殆《ほとん》どない。

それは自分も一緒で、チームメイト達は互いに何を考えているのかなど全く知らないのだ。

気づけば、人を殺すこと、攫《さら》うことに慣れていた。

……今回の依頼では慢心があったのだろうか。

否。

あるはずがない。この首輪の命令に、私の感情が入り込む余地などない。

何が起きたのか、全く分からなかった。

暗闇でもよく見えるように訓練を受けた私達は、暗い部屋のなかで灯りをつけずに目的の資料を探していた。

長身の影が使った《影》という魔法の効果で、私達の姿は完全に闇に紛れていたはずだ。念のために、気配も殺した。

それなのに、なぜか話しかけてくる子供の声が聞こえ、反射的にその方向にナイフを放った。

しかし、肉に食い込む音はせず、次のナイフを放った瞬間、私の意識はふつりと切れた。

……あれは、子供がやったのか？

馬鹿なことを考えた、とすぐに思い直す。となれば、子供に化けた何者かに騙《だま》されたか。

答えは分からないが、焦ってはいなかった。

今の状況が首輪の命令に反しているようで、なんだか嬉しくもあったのだ。

そんなときだった。

絨毯《じゅうたん》に二人分の足が下り立った音がし、部屋のランプがつけられた。

現れたのは黒髪の男。そして、天使と見紛《みまご》うほどに美しい子供だった。

31

「《転移》」

執務室に移動すると、俺が拘束しておいた三人組は相変わらず床に張り付いていた。

よかったよかった。

失敗してたらどうしようと、少し心配だったのだ。

先生をチラリと見ると、すごく驚いた顔で三人に近づいていっていた。

「これは……」

呟いて今度は顔を青くしていたのだが、勢いよく振り返ると俺に尋ねてきた。

「……この三人は拘束してあるのですか？」

さっき、拘束しといたと言ってませんでしたっけ、と不思議そうにする先生。

そうか、と俺は一人納得する。

俺の魔力と結界で簀巻《すま》きにした上、重力を加えているのだが、確かにただ人が転がっているようにしか見えない。

俺はポリポリと首を掻いて苦笑した。

「魔力で縛って重力を少々」なんて答えてしまっては、また先生の学者魂に火がついてしまうだろう。

悪戯《いたずら》に笑って、まぁ、それはあとでおおしえします、とだけ答えておいた。

顔まで黒い布で覆った三人に、俺達は改めて顔を見合わせた。

うーん……どこから手をつけたらいいのか。

顔が見えないから、意識があるかも分からないし。

「どうします？」

困って先生に聞いてみる。

「どうしたものでしょう」

……先生も困り顔。

おいおい。これじゃさっき俺が一人で悩んでたのと変わらんじゃないかい。

……まあ、いきなりこんな状況でどうする、と言われても困るか……。

……うむ。

意識があろうとなかろうと、こいつら動けないんだからどうでもいいかー！

余計な心配は捨てることにした。

とりあえず今は、情報を引き出すことだけを考えて行動しようじゃないか。

ひどいとか言わないそこ。事件解決のために、きちんと人道的にやるのだ。

間違っても刃物なんて使わないぞ！

三人を観察して、とりあえず華奢《きゃしゃ》な奴から聞き出すことにした。

体格的に考えて動かしやすそうだったからだ。

決して他の二人はモブっぽいとか考えたわけじゃないぞ。一応言っておくが。

華奢《きゃしゃ》な奴に近づいて恐る恐る顔を覆う布を取ると――目が合った。

「あ」

思わず声を出す。

意外だった。

忍者っぽいからと勝手に男だと思っていたのだが、現れたのは美人なお姉さんのお顔だったのだ。

つまり、言うなれば忍者ではなく、『くのいち』さんだろう。

お姉さんも驚いたようで、目を丸くした。

……まぁ、確かに、この状況でいきなり子供が自分の顔を覗《のぞ》き込んできたら、驚くわな。

意外な展開に心を落ち着かせて、立ち上がると。

「なっ！」

先生がお姉さんの脇腹に手を這《は》わせていた！

ちょっちょっちょっ……うぉい！　何やってんの、先生！

いくら彼女いないからって、この状況でそれはダメでしょ！

確かにお姉さん美人だけど！　超美人だけど！

混乱しつつも心の中で先生を批判していると、まるでそれが伝わったかのように、先生が俺を見た……眉間に皺《しわ》を寄せて。

……すんません！

咄嗟《とっさ》に謝ろうとして何とか言葉を呑み込む。

謝ったら、俺が何を考えていたのか自白するようなもんだからな。

「この人、骨が砕けてますけど。ウィル君、いったいどんな戦い方をしたんですか」

……。

「……え？」

先生によれば、今触った感じでも肋骨《ろっこつ》が何本かいってしまっているらしい。

全く覚えのない俺は、首を傾げるばかりだ。

確か俺の記憶では、このお姉さんに与えた攻撃は頸椎《けいつい》への手刀のみだったはず。

うーんと唸《うな》る俺を尻目に、ジョーン先生はお姉さんに尋ね始めた。

「何の目的で入ってきたのです？」

「……」

「ヴェリトルの者ですか？」

「……」

お姉さんは、先生を激しく睨《にら》みつけたまま微動だにしない。

そこに来て、先生は眉を顰《ひそ》めた。

「ウィル君。この人を別室にお連れしましょう」

そう言って先生はお姉さんを持ち上げようとしたのだが。

「重い……？」

学者と言っても、先生はひょろいわけではない。

先生が全力を出してもピクリとも動かないなんて……と一緒になって驚いたところで、思い出した。

……重力の魔法か！

失念していた。もしかしたら、お姉さんの折れた肋骨もその魔法の影響かもしれない。

「てへへ」

こういうときは、笑って誤魔化《ごまか》すに限る。

お姉さんの重力と簀《す》巻《ま》きの魔法を解きながら、それにしても、と気がついた。

このお姉さん、骨が折れた状態で触られたり引っ張られたりしているのに、声もあげないなんて
――おかしくないか？

先生が別室に移動させると言い出したのは、いつまで経っても何の反応もしないお姉さんに痺《しび》れを切らしてのことだろう。

残りの二人の意識があるかどうかは分からないが、一人で切り離されることによって人間は口を

割りやすくなると聞いたことがある。

連帯感が薄れ、不安感が増すからだとか。

それにプラスして、俺は、「オレが言ったらアイツがボスに告げ口するかもしんねぇ」という状況から抜け出すからだと解釈した。

分かり易くて結構である。

俺は小さく頷き、残り二人を置いて俺の部屋に転移することにした。

……えーと……敵に手の内を明かさない方がいいよね……？

一応、気を回し、無詠唱で《転移》の魔法を使う。


一瞬で視界が変わり、暗闇になった。

さっきまで明るい部屋にいたので、余計に暗く感じる。

魔法でランプをつけると、間違いなく俺の部屋だった。無駄に広い部屋に置かれたソファの上に俺達は移動したのだ。

ていうか、何の確認もしないで拘束解除しちゃったけど大丈夫だったかな？

こう、忍者って言ったら隠し武器とか持ってそうじゃん。

と思いつき、ソファから飛び下りてお姉さんの正面に回り込むと、もうすでに先生がお姉さんの服に手をかけていた。

お……おーう……。

俺も同じような考えに至っているんだし、先生の行動の意味も今度は誤解していないつもりだ。

が、……うん。

ちょっと目に毒だと思う、なんて口が裂けても言えないぜ。

けどな。うむ。

反射的に目を逸らしそうになった俺は、誰にも責められないはずだ。

今先生に考えを読まれたらこれほど困る時はない。

だって四歳児の考えることじゃない……う、先生と目が合った。まぁいいや。

先生は、お姉さんの首もとに手を伸ばしながら俺に話しかける。

「私の予想では、この人は『影』の者です」

「……かげ？」

聞き慣れない単語に首を傾げる。

「そうです。『影』は裏社会で重宝されていて、依頼とあらば暗殺だろうと何だろうと請け負う組織です。『影』の姿を見た者はいないとされています。ウィル君の話からしても、先程から声を一度もあげないことにしても、その道のプロであることは間違いないですね」

そう呟いて、先生はお姉さんの首に手を回した。

黒い服の首の後ろの部分には留め具がついていたようで、カチャリと音がすると、服が緩んだ。

「……これは！」

ほぼ反射的に先生が発した驚愕《きょうがく》の声に、俺は疑問の目を向けた。

「……ウィル君。思っていたより、事態は深刻なようです」

先生は、眉間に皺《しわ》を寄せると、深い溜め息を漏らして、未だに睨《にら》みつけてくるお姉さんを一瞥《いちべつ》した。

「この首についているのは、恐らく『隷属の首輪』です」

隷属の首輪とは、その名の通り、つけられると相手に隷属させられる首輪だそうだ。

命令をされれば絶対に抵抗できない。本人の意思とは関係なしに、身体が勝手に命令を実行し続けるらしい。目の前にいる者を殺せと命令されれば、たとえ本人が意識を失っても首輪が身体の指揮を執ってしまうそうである。

これを聞いて、俺は背筋がゾッとした。

幸か不幸か、お姉さんは全身の骨が砕けているので首輪の力をもってしても動けない状態みたいだが……そうでなかったら身体が切り刻まれるまで動き続けるんだろ……もはやゾンビじゃねぇか。

先生は、このお姉さんが声を一度もあげないのは、首輪の命令に忠実に従っているからだと推測していた。

しかも厄介なことに、この首輪は、首輪をつけた本人にしか外せないんだそうだ。

誰がそんなことを、と怒りが湧いてくると同時に、得体の知れない恐怖に近い、嫌悪感が生まれる。

こんなの正気の沙汰《さた》ではない。悪魔の所業だ。

「おねえさん、かげ?」

目を覗《のぞ》き込んで言った。

お姉さんの顔は睨《にら》むような表情をしているのに、その瞳は何の感情も宿していない。

……恐らく先生の予想は当たっている。

隷属の首輪は、相手を奴隷にして、さらに暗殺者に仕立てるには持ってこいの道具である。

しかし……先生が首輪を見たときの驚きようは何だったのだろう。

先生に聞いてみると、こう答えが返ってきた。

「奴隷が禁止され早数十年。隷属の首輪など、もうとっくの昔に製法すら途絶えた禁忌《きんき》の魔道具だと思っていましたから」

なるほど。それで驚いていたわけか。

俺はまじまじと首輪を観察する。

先生が本人の意思で首輪は外せないと言っていたから、そのような魔法が込められているのかもしれない。

つまりは、このお姉さんは無理矢理『影』をやっている可能性があるということ。

「せんせい……」

先生に耳打ちして、一応許可を取る。

首輪の束縛を持ってしても動けないなら、心配はないはずだ。

お姉さんにそっと近づき、呟いた。

ものは試しである。

「《解放》」

薄黒い金属のわっかは真っ二つに割れ、音を立てて落ちた。

32

わけが分からない。

私はただ睨《にら》むような目をして痛みに耐えていた。

いきなり景色が変わり、気づくとソファのようなものに座っていた。

何度か身分を問われたような気もしたけれど、全く声が出せなかった。

身体が動かないのは、さっきの戦闘で首輪が壊れたからかもしれない、と一瞬期待していただけに、落胆は計り知れない。

男に首もとの布地を取り外され、首輪が晒《さら》されていた。

そして、天使のような子が歩み寄って来て、聞いたことのない言葉を呟いたのだ。

温かい魔力に包まれて、首もとで音がした。

理解の速度が追いつかない。

「――なぜ」

ふと口にしていた。

どこかで言った気がする台詞。かすれた声は、私の心を表しているようだった。

くぐもっていた世界が、急に澄み渡る。

状況をつかめないまま、視界が白《しら》んでいった。

◆　◆

確かに首輪が外れたのを認識したであろうお姉さんは、瞳に疑問を浮かべながら意識を失ってしまった。

首輪の抑止力が切れて、痛みに気を失ってしまったのだろうか。

気を失う直前に浮かべた表情だけで、俺はもうこの人は敵じゃない、と感じていた。

「せんせい、どうおもいます？」

話しかけると、目を点にしていた先生が現実にカムバックしてきた。

「……いったい貴方は、いくつ私の心臓を止めたら気が済むのですか」

ほうと溜め息をついた先生は、言葉とは裏腹に嬉々《きき》としている。

……この後が大変そうだ。

と、いうことで今はただ無駄な足掻《あが》きをしてみる。

「ぼくはマウスじゃないですよ？」

上目遣いしてみるぜ！

とっても恥ずかしいが、俺の精神を守るためだ！　俺は、寿命が惜しい！

しかし、先生には「ぶっ」と噴き出されてしまった。

……いいでねえか。笑わなくてもー!!

ただ、俺の教育役がジョーン先生でよかったと、今更ながらしみじみ思う。

力を使ったら関係が壊れるんじゃないかと恐れていたが、先生は受け止めてくれた。

そんなことを考えて一人勝手にニヤニヤした。

いかん、脱線した。

「……それはそうと、このおねえさんはてきでしょうかね？」

「さあ、私にはどちらとも。ウィル君は敵でない、という考えで？」

「はい。……まぁ、カンですけど」

俺が小さく呟いた後半の言葉は、ジョーン先生にしっかり聞こえていたみたいで。

「私も勘では敵でないと言っていますが。勘だけじゃどうしようもありませんしね……」

と困った顔をしている。

……お姉さんを見て困った顔をする先生は、ちょうど恋に悩みながらお姉さんを見つめているようで、本当に絵になります。

くそっ……美形羨《うらや》ましい。

一瞬、うなだれそうになりながら、なんとか次の言葉を口にする。

「でも、くびわをつけられてるってことは、いらいぬしをしらないかくりつのほうが、たかくないですか？」

そうなのだ。

首輪をつけたのが依頼主本人というならまだしも、依頼主が別にいるとしたら、首輪をつけた人物が自分の駒である『影』にやすやすと依頼主を明かすはずがない。

依頼主がつけたという可能性も、ないわけではないが……。

「……そうですね……。では、意識が戻るまで待ちましょうか。明日になれば、キアン様もお帰りになるでしょうし」

そう言って、先生は俺に頷いて合図を送った。

心得た、とばかりに俺は詠唱する。

「《治癒》」

そこで一応もうひとつ。

「《武器探知》」

服を着た状態でも、武器を隠し持っていたら赤く光って見えるように想像しながら呟いた。

すると、腕と足が光った。

そこから俺は針のような刃物を取り出して、先生にお姉さんをベッドへと運んでもらった。

残り二人のことも思い出し、お姉さんと同様に武器を取り上げて執務室に寝かせておく。

もうそろそろ、空も白《しら》んでくる頃だろう。

今日だけで、なんかめっちゃ疲れたわ……。

知らないうちに気を張っていたらしい。

一段落つくと、ものすごい勢いで睡魔が襲ってきた。

うは……眠っ……。

◆　◆

「……くん……ィル君……ウィル君！」

「は、はい！」

先生が怒鳴って俺の名を呼んでいるような気がして、反射的に返事すると……。

「……あれ？　なんでせんせい、いるんですか」

気づけば俺はベッドに寝ていて、傍《かたわ》らに服の乱れた先生が寝ていらっしゃった。

一瞬焦った俺を誰も責められないはずだ。

しかし、そんな俺の心境を読み取ったのかいないのか、ジョーン先生には呆れた目を向けられてしまった。

「なんでって……貴方。ウィル君が昨晩私の服を握ったまま寝て離さなかったからでしょうが」

「……うっ……えっ……ごめんなさい！」

動揺しながら、慌てて謝る。

そう言われて周りを見回してみると、確かに俺の部屋じゃない。

……先生の部屋だろうか。

そんなやり取りをしているうちに寝ぼけていた意識がはっきりしてきて、昨晩のことを思い出す。

そうだ。『影』の三人の首輪を外して治癒して、お姉さんはベッドに寝かせて、残りはソファに転がしておいたんだっけ。最低限の拘束だけして。

はっとして起き上がる。マリーさんが起こしに来る！

「大丈夫です。まだ時間ではありません。早めに起こしましたよ」

俺の考えを読んだかのように先生が微笑んだ。

「さて、昨日はお疲れ様でした。私も助けられました。ありがとうございます」

改めてお礼を言われると、何だか照れる。

しかも、何の裏もない純粋なジョーン先生の微笑みは破壊力抜群だ。

お……俺だってぇ……将来《みらい》があるんだ……！　たとえ平凡顔でもな！

負けじと笑みを浮かべて先生に向き直る。

「どういたしまして」

先生は、さてと、と小さく呟いて立ち上がった。

「では、マリーさんが起こしに来る前に片付けておきましょう」

◆　◆

『影』のお姉さんを執務室に移し、俺は自分の部屋で狸寝入《たぬきねい》りをした。

ちなみにジョーン先生も執務室にいる。

門を開いてもいないのに、先生が家の中にいたらメイドさん達に驚かれるからである。

俺はマリーさんをうまく誤魔化《ごまか》し、朝食後、執務室に籠《こ》もることに成功。

どうやって誤魔化《ごまか》したかって？　……聞かないでくれ。

子供らしく、父さんとその仕事への憧れを語ってみただけだと言っておこう……って誰に言ってる。

執務室で、案の定先生に色々質問を浴びせられていると、不意に扉がノックされた。

室内が見えないように扉を開けて廊下に出てみると、そこにいたのはメイドさん。

「ウィル坊ちゃま、旦那様がお帰りになりましたよ」

なぜか嬉しそうなメイドさんに無理やり手を取られ、仕方なく手を引かれて急いで玄関に向かうと、顔面蒼白《そうはく》の父さんが立っていた。

「おかえり、とうさん」

俺が駆け寄ると、父さんは泣きそうな顔で笑って抱きついてきた。

「無事だったか……！　ウィル！」

すり寄せてくる頬の髭《ひげ》が痛いけど、そんなことは言えなかったさ。

俺も嬉しくなって抱きつき返したのは、ここだけの秘密だ。

マリーさん筆頭に、メイドさん達に生暖かい目で見られていたのは気のせいだと思いたい。

それから執務室に父さんを引っ張っていき、ジョーン先生と一緒になって昨日の経緯を話した。

父さんは渋い顔で頷くと、父さんも昨日あった出来事を話し始めた。

「嫌な予感がしていたのだが、やはりあちらの事件はフェイクだったようだ」

王都について港に行ってみれば、確かに以前、奴隷商として疑いをかけられた商人と、ヴェリトルに関係する貴族が一緒にいて、しかも何やら大きな荷物を積んでいるところだったそうだ。

父さんたちが抜き打ちの検査と称して積み荷を確認しようとしたとき、商人と貴族は余裕そうにニヤリと笑っていたらしい。

その時点で父さんは騙《だま》されたと確信したが、念のため積み荷を確認してみると、大きな鉄格子の中に入れられていたのは鶏だったという。

そこで騙《だま》されたことが明白になり、手続きも程ほどに馬車を飛ばして家まで帰ってきたそうである。

こんな大袈裟《おおげさ》な準備をしてまで父さんを王都に誘《おび》き出したとなれば、犯人の狙いは家。

しかも母さんは泊まりがけの茶会、ジョーン先生は母親が危篤《きとく》でヴェリトル家に。

そうなれば向こうが欲しいのは俺の身柄だと確信し、必死の思いで馬車をすっ飛ばしてきたそうだ。

「ウィル、お手柄だぞ。ジョーン先生を助けたんだろ？　すごいぞ！　流石《さすが》俺とリリィの子っ！」

最後はまた父さんに捕まり、頭をぐりぐりと拳《こぶし》で撫《な》でられ（？）まくってしまった。

「やあああめえええてぇえええ」

俺の叫びは父さんに届かないようだ……。

ほどなくして母さんが帰ってくると、二人で何か話すらしく、父さんは俺を解放して私室に入っていった。

俺にできることはここまでだ。後の処理は父さんに任せるしかない。

……あの『影』のお姉さん達は、どうなるんだろう。

廊下で立ち止まって考えていると、ふと肩に手が置かれた。

ゆっくり振り返れば、笑顔のジョーン先生。

「では、教えてもらいましょうか？」

あのとき俺の言った「あとで、おおしえします」という台詞は、しっかり覚えられていたようだ。

……俺の仕事はまだ全然終わってなかったよ。

さあ……どう説明しようか……。

◆　◆

その日の夜。

夕飯が終わり、屋敷の者が皆寝静まったころ、ジョーンはキアンに呼ばれて執務室に来ていた。

「しかし……隷属の首輪とは……誠か？」

キアンが苦々しく呟いた。

「……ええ。私も目を疑いました。……が、宮廷の秘蔵書にあった記述と一致しております」

あとは、『影』らの意識が戻るまで何とも言えません、とジョーンは続け、執務室のソファに横たえられている三人を見やった。

「……厄介なことになりそうだ」

キアンが低く声を出した。

その声は、ジョーンに届いたのか届かなかったのか。

いずれにしても二人とも同じように、苦い表情をしていた。

33

この事件を発端《ほったん》に、国王が手を焼いていた反国王派の貴族の罪が一気に明るみに出て、ヴェリトルは勿論《もちろん》、その協力関係にあった者はすべて一掃された。

うん。

仕事早いと思っていたけど、すごすぎるぜ父。

うちに送り込まれた『影』たちは、父さんが仕掛けておいたトラップに捕まっていたということにしてもらった。

まぁ嘘はついていない。

トラップ=俺というわけだ。

こんなふうに誤魔化《ごまか》したのには理由がある。

いざというときに今回のように俺が切り札になれるように、というのもあるが、俺としてはこの魔法のせいで厄介事に巻き込まれるのは避けたかったし、何よりも普通でいたかった。

変な子供と思われるだけならまだしも、迫害なんてされたら……いや、やっぱり、変な子供と思われてこれから出会う人に距離を置かれるかと思うと、目から滝が流れそうになる。

俺はできれば人に好かれたいのだ。

そんなこんなで事件があった日から三日経った今、すでに国中の反国王派はすっかりナリを潜め、国民の間ではキアン様キャーっと黄色い声が飛んでいる。

噂が広まる速度というものは恐ろしい。

一人が複数に話せば、それを知っている人がねずみ算式に増えていくものだから、今では国民のほとんどが知っていた。

どんな尾ヒレ背ビレ胸ビレがついていくのか……できればシーラカンスのようにヒレいっぱいには成長してほしくないというのが俺の願いだ。

ヒレがついても、オタマジャクシくらいがいい。あ、でもカエルになって噂が一人歩きならぬ一人跳びしても困るな。

『悲劇の貴公子』とか、『か弱い子供』とか、中二病臭い称号がつけられてしまった暁には……うへぇ……チキンスキンである。

というか、ノリで『か弱い子供』とか言ってみたが、普通に称号でも何でもなかった。『か弱い』なんて、ただの形容じゃねえか。

……っと、話が逸れすぎたな。

そう、事件が終わってから、もう三日経っているのである。

今直面している問題は、そこなのだ。

『影』達は、屋敷の奥の、普段は客人が宿泊する部屋に寝かせてある。

残り二人の顔の覆いを取ってみたら、どちらも男だった。

「せんせい、まだおきません」

事務処理に追われる父さんに代わって、捕まえた『影』たちの監視を任されたジョーン先生。

父さんの罠という設定にした以上、事情を知らない人には頼めないからである。

ちなみに俺は、おまけとして先生にくっついている。

……だってさ、罪悪感半端ねぇんすよ、ええ。

俺が、重力の魔法の加減を間違えたせいで、『影』の三人は全身の骨が折れてしまった。

治癒の魔法をかけて身体的にはもう問題はないはずなのに、首輪を外した三人は未だに目を覚まさないのだ。

先生は、長らく首輪をつけられてきた精神的反動だ、と言っていたけど、やっぱり罪悪感は疼《うず》く。

何より、お姉さんが気を失う直前に見せた表情が忘れられない。

時折、苦しげな表情を浮かべるお姉さんの寝顔を覗《のぞ》き込む。

「そうですね。やはり回復には時間が必要でしょうか」

先生も俺と一緒に溜め息をついて、三人の寝顔を覗《のぞ》き込んだ。

仕方ないですね、とジョーン先生は難しい顔をして呟き、ベッドの横に置かれたソファに座った。

俺も倣《なら》って先生の隣に座る。

が、それが迂闊《うかつ》だった！

「ところで」

ガシッと勢いよく両肩に手を置かれ、俺はくるりと先生の方を向かされた。

ジョーン先生と目が合う。

……キラキラしたおめめですね！　かわいい！

「いい加減、ウィル君の魔法について教えていただけませんか？」

そうなのです。

後で教える、と言ってしまった以上、教えないわけにはいかない。

かと言って、魔法の詠唱が前世と同じ日本語だからだよ！　なんて言ったら、なにこいつトチ狂ってんだ、と思われておしまいだ。

要するに、俺は非常に困っていた。

この三日間、『影』の様子を見るのに半分、残り半分は上手い言い訳を考えるのに充てていたと言っても過言ではない。

が、さすがに三日目の今日。適当ながら、言い訳は思いついていた。

俺は、嘘をつくのが苦手である。

ジョーン先生や父さん母さんみたいな、毎日付き合っていく相手に下手な嘘をついても、きっとすぐにボロが出るだろう。
ならば、と嘘はつかずに誤魔化《ごまか》す方法を考えてきたわけだ。
ちなみに俺が解決したと知っているのは、ジョーン先生と父さんと母さんだけである。
心が痛むが、メイドさん達には秘密。
うちは、公爵という一番上の位の貴族だから、下の者が奉公に来ていたりするからね。
あまり考えたくはないが、どこから情報が漏れるか分からないので、念のため。
まあ、そんなわけで……。
俺は、先生を正面から見据えて、真剣な顔をつくって言った。
「わかりました。そろそろかんねんしました」
更にキラキラを増した先生の瞳をじっと見つめ、深刻そうな表情をつくる。
先生もさすがに顔を引き締めて、俺に向き直った。
「ぼく、うまれたときからまほうのこと、しってたんです」
嘘はついていないない。
気味悪がられないだろうか……悪がられなかったら、この作戦は成功ということだ。
さすがに心配になって先生を見ると、驚いた表情のまま固まっていた。
「はじめて、まどうしょをみたとき、ぼくもおどろきました」
もう一押し。

少し心苦しいが、全身から嫌わないでオーラを出す。

カムバック！　先生！

速くなっていく脈に、自分でも心の中で苦笑する。

先生なら大丈夫だと思う一方、普通こんなこと言われても信じないし、気味悪く思われるだろうとも思う。

俺なら絶対信じない。

四歳児が何を言ってるんだ、と笑うだろう。

先生の顔を見つめていると、驚きの表情が徐々に微笑みに変わる。

ふふ、と声を漏らして笑う先生は、いつものことながらの美形で、早く次の言葉を言ってくれ、と急かしたくなる。

「何をそんなに怖がっているんです、ウィル君」

はっとした瞬間には、先生の手がポンと俺の頭に載せられた。

「これから毎日が楽しくなりそうです」

そう言って撫《な》でられ、思わずはにかむ。

……良かった。信じて……もらえた。

嬉しくなって、だらしない顔になっていると……。

「……ん」

小さな呻《うめ》き声が聞こえた。

……おっ！　起きたか……？

「起きました？」

先生と一緒に立ち上がって、声のした方へ駆け寄る。

「おきた……！」

ベッドに手をついて、俺は綺麗《きれい》なお姉さんの顔を覗《のぞ》き込む。

閉じられていた瞼《まぶた》がゆっくりと開く。

瞳に表れているのは疑問。

そして――……恐怖。

やっぱり、と思うと同時に、それを早く消し去りたくて思わず身を乗り出した。

「おねえさん、だいじょうぶ？」

「――っ！」

目を合わせると、三日前と違った反応が返ってきて俺は嬉しくなった。

よかった。お姉さんにはちゃんと意思がある。

「おねえさんは、くびわでかげになってたの？」

「……」

「くびわなら、ぼくがとったよ」

お姉さんは恐る恐る自分の首に手を伸ばす。

首に何もないのを確認すると、お姉さんは目を見開いて、俺を見た。

そらもう、俺に穴が空くんじゃないかってくらいに。

……美人のお姉さんに見つめられるとか、こんな状況じゃなかったら素直に喜べたのにな。

俺もまっすぐお姉さんを見つめて口を開く。

「おねえさんは、もうじゆうだよ」

……。

……あれ……？

ここ喜ぶところだよね？　反応ないけど。

いい加減、何か言ってくれないと困る。

相変わらず、お姉さんは俺を見たまま固まっている。

俺が溜め息をつきかけたとき……。

「――嘘……」

小さく呟かれた。

「うそじゃない」

「嘘よ！」

俺の言葉に、お姉さんが叫んだ。

突然のことに、俺は全身がビクリとした。

お姉さんは震えている。

まだ実感できていないのだろうか。信じられないのだろうか。

「うそじゃない。おねえさんはじゆうな……」

「自由になんかなれない！　わたしは自由になんかなれないの！　だって……」

途中で遮《さえぎ》られ、お姉さんがほとんど泣くように叫ぶ。

しかし『だって』とは何だろう？

自由になれない理由なんてあるのだろうか？　もしかして——お姉さんの大事な人が人質に取られている、とか？

俺が口を開こうとした瞬間、お姉さんは、頭に巻いてあった布を勢いよくもぎ取った。

「——だって、わたし、獣人だもん！」

布の下から現れたのは、頭にちょこんと載った犬耳だった。

「なんで、じゅうじんだと、じゆうになれないの？」

「だって……気持ち悪いでしょ？　どうせまた……」

耳と一緒にへたりとうなだれてしまった。

きっと、この耳のせいでひどい目に遭ってきたのだろう。

今までどうやって暮らしてきたのだろうか？

生まれたときから、『影』だったのだろうか？

それとも……。

彼女の境遇を思うと、ふつふつと怒りが湧いてきた。

でも、今は、それよりも……。

俺は、ぴょこんとベッドに飛び乗って、膝立《ひざだ》ちでお姉さんに近づいた。

努めて微笑むことは忘れない。

手を伸ばすと、あとちょっとのところでお姉さんはビクビクと縮こまった。

「どこが？　かわいいじゃない」

耳に触りたい！

で、触っちゃいましたー。

柔らけぇぇぇ！

もふもふ！

俺は、自分の欲望を満たすため、そして何よりお姉さんの心を癒やすための行動を取った。

優しく耳を撫《な》でる。

俺は、母さんや父さんに撫《な》でられるのが嬉しい。

お姉さんが何をされると嬉しいのかは分からないが、俺なりにできる誠心誠意の励ましだ……たぶん。

「嘘よ！」

びっくりして、顔を真っ赤にする強情なお姉さんは、まだ自分が可愛くないと主張している。

俺には美人なお姉さんに犬耳とか可愛すぎると思うんだ。

が。

それを言っても意味がないとは分かっている。俺にも身に覚えがある感情だから。

人にどんなに褒められようと、コンプレックスは簡単には消えない。

「おねえさん。みみなんて、ただのいちぶじゃない？」

キョトンとするお姉さんをじっと見つめ、俺は続ける。

前世の遠い日の思い出が蘇《よみがえ》る。

「たとえば。あるひ、ぼくがかみをきっても、ぼくはぼくだ」

思い出されるのは、大きなしわくちゃなじいちゃんの手と、俺にかけてくれた言葉。

「ぼくが、どんなにきかざったって、ぼくだ」

俺は、お姉さんににこりと笑った。

ただちょっと、思い出に浸っていたから上手く笑えていたかは分からない。

「そんなもんなんじゃない？　だいじなのは、なかみだよ」

俺は、お姉さんに今度は抱きついた。

……まぁ、そこは子供ということで勘弁な。

「ぼくは、おねえさんのみみ、かわいいとおもうけど」
お姉さんの瞳から涙がぽろりと零《こぼ》れた。
次から次に涙が溢れてきて、シーツにぽたぽたと落ちていく。
耳がへたれていて可愛いなんて思ってないぞ！　こんなときに不謹慎じゃないか！
子供の身体なのをいいことに、俺はとんとんとお姉さんの背中をさすってあげる。
前世の自分を見ているようで、少し微笑ましくなった。
自分の顔がひどく嫌いだった俺。
じいちゃんのおかげで、俺は少しだけ前を向くことができた。
じいちゃんには、あの日の俺はこんな風に見えていたのだろうか。
微笑みを浮かべてお姉さんを見ていると、ふと視線を感じた。
……ジョーン先生。
ちょっ……忘れてた……。
そんなニヤニヤ見ないで！　こっち見ないで！
あぁ、思い返せばめっちゃ臭い台詞《せりふ》吐いてた。
……穴があったら埋まりたいぃぃいいい！

34

お姉さんが目を覚ましてから、タイミングよく他の二人も意識を取り戻した。

残り二人も、頭巾《ずきん》を取ったら獣人であった。

まぁ、なんで三日も経ってんのに頭巾《ずきん》したまんまなんだよ、という疑問はあるだろう。

それは簡単。

頭巾を外すことができなかったからである。

どうやら特殊な付け方になっているようで、どこをどうすれば取れるのか分からなかった。

刺客とはいえ、怪我人に対して不衛生ではないか？

うん。

大丈夫。流石《さすが》にそれくらいの常識はある。

『影』の皆さんには《殺菌消毒》と《洗浄》をかけておきましたから！

いや、魔法って便利。

改めて実感した所存にございますです。

で、お姉さん以外の『影』の二人。

長身の方はプースラリエルさん、男性。熊の獣人さんだった。

これには、ニックネームをつけたくなった。すごく。

で、結局つけたんだが、ここでは秘密。まぁ言わなくても想像はつくだろう。

ただ赤いTシャツをプレゼントしておいた、とだけ言っておこう。

この方は、南にある商業国デューヴ出身の商人で、エイズームに魔道具を仕入れに来たところで捕まってしまったらしい。

デューヴには家族もいるというので、俺は帰れるだけのお金をあげるよう、父さんに頼んでみることにした。

プースラリエルさんは、俺の家でまた奴隷にされるのでは、と身構えていたらしい。

父さんに頼んでみる、と俺が言った瞬間、プースラリエルさんは腹を抱えて笑い出してしまった。

ツボったらしく、目に涙まで浮かべていらっしゃったが、正直言ってデカい身体をゆっさゆっさ揺らして笑う姿は迫力満点だった。

この借りはきっちり返します、と約束してくれた。

将来は、ちゃんとサービスしてもらうぜ！　とか言ったら、また笑われた。なんで？

お次に、平均的な体形の男性は、ピピンニャルさん。猫の獣人さんである。

ニックネームはニャルさん。なぜ後ろ!?　と一斉にツッコまれたが、そんなの当たり前だろう。

猫っぽいからだ。

ニャルさんもプースラリエルさんと同じくデューヴの商人で、エイズームに来る途中で捕まってしまったらしい。

ニャルさんのことも、同じように父さんに頼むつもりだと言うと、やはり借りはきっちり返してくれると言う。

さすが商人さんだ。

あと俺にできることは、また同じことが起こらないように、二人に隷属防止の結界を張るくらい。

あんまり魔法で保護し過ぎても、今後の二人のためにはならないだろう。

大人二人を四歳児が守るのもね……。

◆　◆

そんなこんなやっているうちに、彼らが目を覚ました日から早一週間。

獣人の回復力、恐るべし。

父さんは俺の頼みを聞いてくれて、プースラリエルさんとニャルさんは元気に国に帰っていった。

さて、問題は、である。

察しの良い方にはもうお分かりだろう。

そう、お姉さんだ。

お姉さん、なぜかめちゃくちゃ俺に懐いた。

俺が四歳児だからか、抱きついてきてくれるのは嬉しいけど、ちょっと困る。

うん。

その、柔らかい何かがさ。

……言わないでおこう。

俺は純真無垢な子供である。

決してニヤけてなんかいない。いないぞ、決して。

そして何より困ってしまうのは、時々お姉さんが寂しそうな様子を見せること。

お姉さんには、尻尾がある。栗色のふさふさがお尻から出ているのだ。

ほとんど言葉を発しないお姉さんだが、目は口ほどにものを言う、ならぬ、尾は口ほどにものを言う、である。

プースラリエルさんとニャルさんの対応で俺達はバタバタしていたが、その傍《かたわ》らで楽しそうに尻尾をパタパタさせているかと思うと、ふとした瞬間に尻尾と一緒に耳もへたらせて寂しそうにするのだ。

お二人が旅立ち、ようやく彼女とのまとまった時間が取れたのが今日のこと。

「おねえさん」

すっかりお姉さんの定位置となってしまったベッドの上。

屋敷の目立たない奥の部屋に『影』の皆さんには泊まっていただいていた。

三つ並べたベッドの一番奥にちょこんと座っているお姉さんの、耳と尻尾がピクリと動いた。

俺は、その向かいに置かれた簡易ソファに座って、お姉さんに声をかけた。

何を恐れているのか、縮こまってこちらをチラリと見るお姉さん。

これまで「美人なお姉さん」と言ってきたが、四歳の俺から見てお姉さんなのであって、恐らく十五～六歳だと思われる。

まだ幼さが残る美人な顔立ちに、ふわふわの栗色の耳と尻尾が可愛らしさをプラスしていた。

長く伸ばされた茶髪もふわふわで、ベッドにまで垂れている。

全体的に癒し系なお姉さんがビクビクと俺を見ている今のこの状況は、何と言うか……傷つきます。はい。

ていうか、俺まだ可愛い年頃の四歳児だよ？

何が怖いんだ？

……まぁ、確かに『影』の皆さんを撃退したり、首輪外したりはしたけど……四歳だよ？

昨日まではあんなに懐いていたというのに、この状況は何なんだ。

「おねえさん？」

もう一度呼びかける。

もしかしたら、聞こえてなかったのかもしれない……よね？

「……は……はい」

控えめがちに返事してくれたが、声が震えていた。

上目遣いは可愛い。

可愛いけど、止めてくれ。本格的に傷つきます。

「おねえさんは、これからどうするの？」

「……これから……？」

なんとか声を絞り出したという感じで、今にも泣き出しそうな顔をしている。

ここで根掘り葉掘り聞くのは心苦しい。

反応から、彼女には帰るところがないってことくらい、予想はついている。

けれど、きちんとお姉さんの口から聞かなくてはならない。

「おねえさん、おうちは？」

「……ない」

お姉さんは俯《うつむ》いてそう答えた。

「……おはなし、きかせてくれない？」

沈黙。

俺は、お姉さんが小さくなって座っているベッドに、ゆっくりと近づいていく。

ギシと音を鳴らし、ベッドの脇に座ったところでお姉さんは顔をあげた。

それからポツリポツリと語ってくれた。

お姉さんは孤児だったこと。

お姉さんのいた孤児院では不正が行われていたこと。そこで迫害されていたこと。

そして、売られてしまったこと。

『影』の訓練。

いつしか、首輪に抵抗するのをやめてしまったこと。

たくさん人を殺してしまったこと。

お姉さんの細い身体は終始震えていて、それでも何度も涙を呑み込んで泣き出さないようにしているのが分かった。

最後のほうは、もう見ていられなかった。

「……わたしは、たくさん人を殺しすぎたの。生きていちゃいけない……もう……死にたい」

乾いた音が部屋に響く。

気づけば、俺はお姉さんの頬を叩いていた。

「お姉さん、馬鹿？」

ギュッと抱き締める。

「お姉さんが死んだら、お姉さんが殺した人たちは生き返るの？　生き返らないでしょ？」

びっくりするお姉さんの顔に手を当てて、真っ直ぐに目を見る。

「本当に死にたい？」

震えている身体。

「死んで償うなんて、誰だって言うのは簡単だよ。ねえ、お姉さん。本当に死にたい？」

瞳が揺らいだ。

いや、違う。涙が溢れ出したのだ。目元の水玉が大きくなっていく。やがて弾けたように雫が落下した。

悲痛な表情を浮かべた頬に、筋ができる。

「死にたくなんて……ないよ！　でも、私には、どこもないんだもん……何もないんだもん！」

場違いながら、俺は微笑んだ。

そして、口を開く。

「なら、うちにいる？」

え？　と固まるお姉さんの耳を撫《な》でた。

死にたくはないよね。よかった。

ちょっとひどいこと言ったかなと思ったけど、死ぬなんてこと、言って欲しくなかった。

しばらくすると、お姉さんが勢いよく飛びついてきて、俺は押し倒された。

尻尾の暴れ方がハンパない。

よかった、喜んでくれたみたいだ。

お姉さんの頭やら耳やらを撫《な》で回して笑顔になる俺だったが、後々、この様子をこっそり見ていたジョーン先生に徹底的にいじられ、後悔することになる。

全く、お姉さんは手のかかる可愛い子である。

35

「――……ィル様、ウィル様」

心地よい波のようなまどろみの中、遠くから声が聞こえてくる。

しかし……。

「ゲフッ……！」

突如として身体に強い衝撃が襲いかかり、ぼんやりとしていた意識が一気に覚醒した。

……シフォンが……。

「おはよ、ウィル様」

「おはよう。……シフォン」

そう、朝から元気なこって、この方、あろうことか俺の腹の上に飛び乗ってきたのだ。

はは……なんか口から出そうなのは気のせいだと思いたいなっ。

そんな俺に気づいているのか、いないのか。

シフォンは勢いよくベッドから飛び下りて、スタンバイオッケーとばかりに尻尾を激しくふりふりしてこちらを見ている。

ピンと立った耳も揺れる尻尾も、ふわふわのモフモフである。

くそ……かわいいじゃないかっ！

これでは怒るに怒れん。

溜め息を漏らした俺は微笑んで、目と手でシフォンをこちらに呼び寄せる。

シフォンに手を引いてもらって起き上がる……と見せかけて。

「――きゅっ!?」

シフォンに手を掴《つか》まれた瞬間、俺は思いっきり下に引っ張った。

完全に油断していたシフォンは、俺の横に倒れ込んだ……ちっ……おしい……！　……なんて思ってないぞ。思ってないんだからな。

俺はすぐに起き上がり、ベッドにうつ伏せになっているお姉さんに急いで向き直る。

仕返しだ！

良い機会じゃないか、触らせてもらうぜ。

俺はニヤリと口の左端を上げて、お姉さんの魅惑的なそれに手を伸ばした。

「……なっ」

「ふさふさぁ……」

シフォンの尻尾ーもふもふしたい！

ずっとしたかったんだ、これ！

俺は、前世では犬とか猫とか、動物が大好きだった。

シフォンの栗色の尻尾をしっかり堪能すべく、毛並みに沿ってゆっくりと手を滑らせる。

後ろから見える耳がピクピク動いているのが、また可愛い。

思わず左手で尻尾を撫《な》でながら、耳に右手を伸ばした。

「……もうちょっと優しく起こしてください、シフォン？」

耳に顔を近づけ、声を落として注意する。

あの起こし方をシフォンが楽しんでいるのは分かってるんだが、これだけは譲れない。

生命の危機を感じるからな。

「ごごごめんなさい！」

すごい勢いで飛び起きたシフォンが、俺から目を逸らして顔を真っ赤にしながら言った。

……そんなに尻尾触られるの恥ずかしかったかな？

自重はします。

え？　止《や》めないのかって？

止《や》めないぜ。

一度味わってしまったらもう手放せない、魅惑の尻尾さま！

ベッドから飛び下りて背を向けてしまったシフォンを尻目に、俺はむくりと起き上がって着替えを始めた。

さて。お分かりだろうが、シフォン。

『影』三人のうちの一人、お姉さんのことである。

父さんに頼み、王都の孤児院から引き取ったということにしてもらった。

そして今は本人の希望で、俺の専属っぽいメイド見習いをしている。

まだエイズーム国内でもごく一部で獣人差別はあるらしいが、うちの屋敷ではシフォンが恐れていたように獣人だからと差別されることはなかった。

……まぁ、マリーさんも実の娘のように……シフォンを厳しく指導してくださっている。

そんなお姉さんの名前――シフォンだが、実はお姉さんの希望で俺が命名した。

名前がなかったのだ。

悲しくなった――だから、俺は必死に考えた。

ふわふわで栗色をした彼女は、甘いシフォンケーキのようだ、とふと思いつき、シフォンにした。

安直だろうか？

ネーミングセンスがないと言われても、仕方ないかもしれない。

でも、精一杯頑張りました。

愛情たっぷりコテコテのお名前ですから、許してください。

まあ俺が考えついた中では、一番似合ってる可愛い名前だと思っている。

というか、四歳児に名前つけてもらうとかお姉さん挑戦者《チャレンジャー》だな、と嬉しい反面思ってしまった。

着替えが終わり、シフォンを呼んで一緒に食堂に行く。

これもまた初めの頃。シフォンに手を引いて連れて行かれそうになったが、俺が頑《かたく》なに拒んだ。

うん。

だって、マリーさんなら母親世代だからまだしもさ、シフォンとか少女だよ、少女。

やめて、むり、はずかしい。

最近、しっかりしてきた足取りの俺の後ろに、シフォンはついてくる。

……本当可愛い。

わんこさんみたいです。はぁ……。

◆　◆

「それでは、今日は魔法について学んでいきましょう」

目のキラキラしているジョーン先生が、テーブルを挟んで向かいに座った。

久しぶりの授業である。

というのも、ジョーン先生は例の事件の後に発生した問題の対応に追われ、走り回っていたからだ。

その問題は、と言うと。

一言で言えば、ヴェリトル領を誰が治めるか。

一連の事件によって、ヴェリトル家当主のジンや、長男で後継者のジャンは捕らえられ、当然貴族としての地位や権利を根こそぎ剥奪された。

次期領主は誰かという話になったときに、ジョーン先生の名前が挙がった。

先生は家を捨てたとは言え、姓はれっきとしたヴェリトル。

先の事件では、先生は何も悪いことなどしていない。むしろ、脅迫された被害者であり、事件解決に一役買った功労者とも言える。

手柄を立てたとなれば、次期領主として推す声も強くなるというものだ。

しかし、ジョーン先生は、元宮廷学者、現ウィリアムス＝ベリルの教育役で、為政の経験はほとんどない。

しかも本人が領主の地位などいらないと言い出す始末。

ジョーン先生の性格からして、領地を治めるより研究に時間を割きたいと言い出しそうだとは思ったが、まさか本当にそう言うとは……さすがすぎる。

だからといって、子爵であるヴェリトル家の領地は国の直轄地にするには規模が小さ過ぎ、かつ王都から遠くて要所というわけでもない。

そんなこんなで、結局、ヴェリトル領の管理は、ベリル家が代理で行うことになったらしい。

まあ、父さん曰く「元々ヴェリトル領の領民がこちらに流れてきていたから、さして変わらん」らしいので、大丈夫なのだろう。

このときも、改めて父さんはすごいと思った。本当に何者なのだろうか……。

領主の仕事に、今回の事件を解決するような仕事、騎士団長の仕事に……えとせとら。

ガチで、父さんが何人かいるんじゃないかと疑ってしまうような仕事量だ。

いくら仕事が早いと言っても、大変だろう。

……せめて俺も少しは手伝えたらな、と思っている。

恥ずかしいから、絶対口には出さないが。

まぁそんなことがあって、今日の授業が事件後初めてまともにジョーン先生と話せる時間だったりする。

「はい！　……具体的には何をするので？」

俺が口を開くと、ジョーン先生がおや、と言って俺の顔を面白そうに見た。

「話し方、変えられたのですね」

「……」

ツッコまないで欲しかった。

……惰性《だせい》で舌足らずちゃんになっていたが、意識すれば、ハキハキとしゃべれるようになっていたのだ。

身体の年齢に引きずられていた……。恥ずかしいからやめてくれっ。

……今までわざと舌足らずにしていたみたいではないか……。

この前シフォンが「死にたい」といったとき、つい本気で説教（?）をしてしまった。そのときに、普通にしゃべれることに気づいたのだ。

「……僕ももうすぐ五歳ですから」

なんとか言葉を絞り出すと、先生は驚いていたようだった。

……ちょ、ひどくね？　もしかして俺の年齢忘れてた？

いや、もしかしなくても普通に忘れられていそうだ……悲しい。

「そうでしたか……ウィル君は五歳でしたか」

いやまだ五歳じゃないんだけど、とツッコむ気も失せた。

心底驚いた表情のジョーン先生に、毒気を抜かれてしまった。

「……はぁ……五歳になります」

溜め息交じりに呟く俺。

「信じられませんね」

ジョーン先生がしみじみと目を細めた。

時の流れは早いものだ。

確かに、先生と出会ってからもう二年が経つとは、にわかには信じられない。

俺も一緒になってしみじみしていると、ジョーン先生がふと思い出したように口を開く。

「そうなると……そろそろ学園のことも考える年齢になりますか」

「……学園？」

「ええ。エイズーム国内では学園に通うことが義務づけられているのです」

義務？

すげぇ義務教育とか、やっぱり侮《あなど》れん、この国。

俺がちょっと驚いているうちに、ジョーン先生が学園について説明してくれた。

学園は、前世で言う学校そのものだった。

通学する年齢は違うものの、義務教育期間が決められていて、教育方法もまずまず似たようなものだ。

そんな制度のなかで、俺にとって気になることが一点。

飛び級ができるそうである。

アメリカンな制度が羨《うらや》ましかった前世の俺としては、嬉しい事実だ。

ざっとまとめると、低学園は小学校みたいなもので、三学年制で十～十二歳が通学年齢の目安らしい。

中学園は十三～十五歳頃が対象で、中学校に相当する。

高学園は十六〜十八歳頃が対象で、高校のような位置づけかと思ったが、少し違った。

ここには魔力か体術か頭が優れてる研究職に就きたい人が入るらしく、大学にも近い部分があるみたいだ。

ちなみにジョーン先生は、家にいたくなくて高学園に行ったそうである。

入学の理由が理由だが、その後学者になれたのだから、すごい。

高学園を卒業すると、大抵が騎士か魔法使いか学者として宮廷勤めになるそうだ。もしくは、領地に戻って領主になるか。

有名大学卒業者が大企業に就職するか、公務員になるかみたいなもんだろう。

「義務教育期間はいつなのですか？」

「ウィル君は貴族ですから、低学園と中学園が義務教育期間ですね」

「平民だと違うのですか？」

「はい、まあ日常生活に必要になる学習は低学園で終わりますからね」

先生は頷くと独り言のように呟いた。

「そうは言っても貴族は高学園に行く方がほとんどですよ、そうでないと、何かと舐《な》められますから」

察するに、社交界やなんやの貴族の集まりのときに「高学園にも行ってらっしゃらないの？　学のないかたね」と馬鹿にされるということだろう。

「――飛び級か……」

俺が勉強しようと思ったのは、父さんの手伝いをしたいと思ったからである。

貴族社会でうまくやるためには高学園に行くことは確定事項だし、早く父さんの力になりたい。

最善の選択として、飛び級を目指すしかないだろう。

とはいえ、この国。無駄に学術レベルが高いみたいだし、俺が今やっている小さい子向けの学習で前世の高校生レベルである。果たして、飛び級なんてことができるだろうか、とすぐに不安になる。

「そんな心配しなくても大丈夫ですよ」

顔に出ていたらしい。

先生に慰《なぐさ》められてしまった。

ありがとうございます、と口を開こうとしたところで、続く先生の言葉に絶句する。

「もう授業で高学園の内容まで終わっていますから」

おいおい、冗談はよしてくれ……。


計り知れないショックを受けた俺が、復活するまで何分か。

どうやら冗談でも慰《なぐさ》めでもないらしい。

一瞬怒りが湧いた俺を、誰も責めることなどできないはずだ。

……血の滲《にじ》むような努力の時間を返せぇ……。

泣きそうになった。

身体年齢に心が引きずられていなくても、これは泣きそうになる。

先生としては、最初はちょっとした好奇心と悪戯心《いたずら》で俺に難しい問題を解かせてみたのだが、途中で引っ込みがつかなくなって勢いで勉強を進めてしまっただけらしい。

だけじゃねえよ！

なに四歳児に高学園レベルやらせてんだ、コノヤロ！

ジト目で先生を見上げていたら、さすがにバツが悪そうにしていたから、まぁ許そう。

おかげで、父さんの手伝いができる日もそれほど遠くなさそうだし、教育役としては申し分ない働きだろう。

だがしかし。

ほらさ、心構えとかあるじゃん。

教えてくれてもいいじゃん。

スパルタすぎるじゃん。

この男、スパルタのSだったな……やはり。

もう今度からジョーン先生改めスパルタクスと呼んでやろうか。

俺の心の中で、ジョーン先生のニックネームがドS野郎からスパルタクスに変わった。

……自分で言っといてなんだが、スパルタクスって何だ……。

ジョーン先生は、俺から目を逸らして咳払《せきばら》いをした。

「それはそうと、事件のときに使った魔法、一体何だったのか教えてくださいよ、ウィル君」

「はぁ……」

俺は、盛大に溜め息をついた。

36

心地よい風が頬を撫《な》でていく。

柔らかな風はそのまま木々を通り抜け、満開の花びらをふわりと散らせた。

澄み渡るような青い空に、薄紅色の花びらが舞う景色は圧巻だ。

一枚の花びらがひらりと頭に載ったのが分かる。

俺は微笑んで手を伸ばした。

「――満開のイチリス、か」

指で挟んだ花びらを見て呟いた。

桜でないのが何とも惜しい。

そう、今日は学園の入学式である。

「……入学者の方はこちらへお集まりくださーい……」

校舎の向こうから声が聞こえてきて、俺ははっとする。
イチリス——桜によく似た木に背を向けて、少し早足になって歩いた。

◆　◆

「ウィル坊ちゃま、お忘れものはございませんか？」

自室で身支度をする俺に、マリーさんが甲斐甲斐しく聞いてきた。

いいと言うのに、大きな黒革の鞄を運んでくれる。

相変わらずの過保護っぷりに思わず笑みがこぼれる。

孫に世話を焼くおばあちゃんみたいだ……などとは口が裂けても言えない。

「ウィッ……ウィッ……ウィル様あぁぁ」

マリーさんの後ろで、嗚咽《おえつ》のあまり俺の名前を噛《か》みまくって、よれよれになっているのはシフォン。

「どうしたの、シフォン」

「わたしはウィル様が心配なの」

ヒックヒックと泣くのを堪《こら》えているのが丸わかりなシフォンに、俺は思わず笑った。

心配というより、単に寂しがっているように見えるのは俺の思い上がりかな。

「なっ……なんで笑うのー！」

隣にマリーさんがいなければ、今にもポカポカと殴ってきそうなシフォンをまあまあと宥《なだ》めながら、俺はすっかりクセになってしまった頭を撫《な》でるという行動に出る。

……背伸びしなきゃいけないのが悔《くや》しすぎる……。

いや、まだ俺には明るい未来がある！

絶賛成長中だからな！

心の中で自分を励まし、シフォンから上着を受け取った。

「一ヶ月前から、もう分かっていたことでしょ？」

上着に袖を通しながら、シフォンをチラリと見て微笑む。

「それに、今生《こんじょう》の別れでもあるまいし。長期休暇には帰ってくるから」

「……それでもお姉さんは心配なのー」

俯《うつむ》いてシフォンが呟いた。

服を着替え終わった俺はニヤリと口の端を上げてシフォンを見上げた。

「そんなことより、シフォンは自分のことを心配した方がいいんじゃない？」

「もうーっ！」

叫ぶシフォンを背に、ははは と笑って部屋を出る。

シフォンが来て、二年と少し。

もうすっかりこの屋敷にも慣れ、シフォンは将来の夢とやらも持ったらしい。

俺専属の付き人。

将来、俺は公爵家を継ぐ。

その専属の付き人は、単に主人と息が合うだけでは務まらない。

家を訪れる客人の前、招かれる席、様々な政治の場に出て恥ずかしくない振る舞いが求められる。

さらに、専属付き人はメイドとしての仕事に加え、秘書や護衛などのマルチな技能も必須。

シフォンはそれになりたいらしい。

やはりと言うのもなんだが、シフォンは低学園にも行っていなかった。

ここに来てからは俺や先生が、低学園・中学園の基礎的な勉強を教えてきた。

この二年、メイドの仕事の傍《かたわ》ら勉強に励む彼女の努力は、凄《すさ》まじいものだった。

今は高学園の入試の勉強をしているらしい。


部屋を出て、もう慣れてしまった絨毯《じゅうたん》の敷かれた廊下を歩き、大階段を下りる。一枚扉を開け、廊下を更に進めば玄関だ。

玄関に着くと、父さんと母さんが並んで立っていた。

少し寂しそうな表情をしているが、二人とも笑顔で嬉しそうに俺の頭を撫《な》でてくれる。

流石《さすが》に……ちょっと恥ずかしいが、嬉しいもんは嬉しい。

むずがゆいような気分とともに、俺ははにかんだ。

「流石《さすが》は俺の息子だ！」

テンションマックスの父さんは、久しぶりの頬擦《ほおず》りをしてきた。

……痛い痛い！　ハズい！

成長した身体でぺしぺし叩いてみるものの、騎士団長の鍛えられた肉体には効かなかった。

……くそっ……。

結局、俺はみんなに生暖かい視線を向けられながら、非常に不本意ながら父さんの抱っこで家の外まで運ばれることになった。

うぅ、くそっ！

こんな日にまで！

悔《くや》しさを胸に、学園では強く生きようと誓った俺だった。

まあ、父さんも悪気があってしているわけじゃない。

むしろ全身で愛情を感じられるから、恨むに恨めない。

少し嬉しい、なんてことはない。決してないぞ。

だって、俺ももう八歳だ。

子供じゃないんだぜ！

……いま、子供だろ、とどこかから声が聞こえたのは空耳だと思うことにしよう。

わめきながら父さんに運ばれた門の前には、すでにスタンバイオーケーな馬車がいた。

御者にまで微笑ましそうな目を向けられたのは気のせいだな、うむ。

「体調には気をつけるのよ」

馬車の前でようやく父さんから下ろしてもらえた俺の頭を、母さんが撫《な》でた。

こっちは純粋に嬉しい。

……別にマザコンとかじゃねぇからな！

「大丈夫、分かってるよ」

俺は笑顔で頷いて、馬車に乗ろうと身体の向きを変えた。

そこで思い出して振り返る。

「シフォン、頑張れよ」

しばらく触れなくなってしまう尻尾さまと耳さまを、しっかり堪能しました。

そして、今度こそ馬車に乗り込んだ。

馬車の窓を開けて、手を振る。

「いってきまーす！」

発車した馬車の中から俺は声を上げた。

「いってらっしゃい！」

ピョンピョン跳ねるシフォン。笑顔の母さん。泣き出しそうな父さん。微笑むマリーさん。

しばし離れる家族の姿を目に焼き付けると、俺は席に腰を下ろした。

向かう先は、フェルセス学園。

王都近くの王立学園で、低学園から高学園まで一つの敷地内にあり、俺のように飛び級を狙う奴には持ってこいの学園だ。

ちなみに父さんやジョーン先生も、ここのOBだったりする。


一ヶ月前、俺は飛び級入学試験を受けた。

エイズーム王国では平民も貴族も義務教育の年齢になれば何の試験もなしに学園に通えるが、飛び級や早期入学する場合は申請をし、特別入学試験を受けなければならないのだ。

……ま、さすがに俺にとっては低学園の試験は簡単だったが、同時にジョーン先生に改めて怒りが湧いたのは秘密だ。

ベリル家からフェルセス学園までは馬車を全力で飛ばしても二時間かかる。

毎日往復四時間の通学はキツいということで、寮に住むことになった。

家族と離れるのは何となく寂しいが、今はそれよりも、これから始まる学校生活に胸が躍る。

前世でも味わえなかった寮生活にもワックワクだ。

友達が百人できるとはさすがに思わないが、たくさんできるといいよな。

ただちょっと、十歳の子達の中に飛び込んで馴染めるかは不安だ。

なんたって俺の中身は、十七＋八。二十五である。

いやはや、人の成長とは早いものだ……つか、まじ精神年齢的に馴染めるだろうか……。

考え始めたら不安がむくむく膨らんできてしまったじゃねぇかコノヤロー！

揺れる馬車の中、理不尽な怒りとともに頬杖をついた。

クソ……ケツも痛くなってきたぜ……。

◆　◆

「――であるから……入学おめでとう」

はっ……いかんいかん。

ついつい寝ていた。

しかし、ちょうどいいところで目が覚めたようである。

何処《どこ》の世界でも校長という役職に就く人種は話が長いらしい。

……つーか長すぎだろ。

俺でも寝てしまったんだ。

十歳の少年少女に、この長話を何もせずに座って聞けというのは、つらいと思う。

周りを見渡せば、熟睡しているか、集中力が切れて周りの子とつつきあっている奴がほとんどだった。

……やっぱりな。

半ば呆《あき》れてステージを見上げると、じいさんが優雅にお辞儀をして退場した。

入れ替わりに、ゴリマッチョな先生がピッチリ正装で礼儀正しく壇上に進んだ。

それにしても、学園長のじいさんの声はよく会場に響く……と思っていたら、ゴリマッチョは学園長からマイクのようなものを受け取っていた。

さすがに機械のマイクということはないだろうから、魔道具なのだろう。

魔法、便利すぎるな……。

おかげで聞きたくもない長話を聞かされる羽目になったので、素直には賞賛できない複雑な心境である。

「学園長、ありがとうございました。それでは、これにて入学式は終了いたします。生徒の皆さんは、各自、事前に配られた生徒カードの色に従って教室に向かってください。会場を出れば、上級生が案内してくれますのでご安心を」

ゴリマッチョが丁寧な口調で言った。

顔に似合わねー！

とか一人失礼なツッコミを入れているうちに、待ってましたと言わんばかりの速度で生徒たちは立ち上がって会場を出ようと歩き出した。

それにしても俺が会場に入ったときはすでに大半の生徒が座っていたから気づかなかったけど、

みんなデカいな……。

いや違う。俺が小さいのか。

沈みそうになりながら、気を取り直して立ち上がった。

ただでさえ小さいんだ。沈んで地面に近づいたら、さらに差が開いてしまう。

……まあ、そりゃそうか。

俺はここにいる生徒の平均年齢より二つも下だ。

この年齢の子供にとって、二歳の差は絶大だ。うん。

ていうか、そうじゃないと困る。

そんなことを考えながら、入学式会場の受付で渡されたカードを改めて見る。

「……白か」

会場を出ると、ゴリマッチョ先生がおっしゃった通り、上級生が白旗を振って、新入生を呼んでいるのが見えた。

白旗振るとか、何に負けたんだ。

一人面白くなって笑いそうになるのを堪《こら》え、白旗に向かって歩いていった。

他に見える旗は、赤、青、緑。

全部で四クラスのようである。

しかし、なんだか白だけ疎外感を感じるな。

何か色に意味があるのだろうか……。

上級生が、集まった新入生を数え始めた。

もう大分揃っていたみたいで、俺が着いてからすぐに歩き出した。

「じゃ出発すんぞ！」と随分威勢のいい声をあげて、男の上級生が先導する。

彼は何やら白いバッジのようなものを胸につけていた。

白組はあれをつけるのだろうか。

なんだかワクワクする。

バッジに気を取られて歩いていると、後ろから何かにぶつかられた。

「――っ？」

「……うわっごめん、見えてなかった！」

驚いて振り返ると、男の子がいた。

……なんだか失礼な言葉を投げつけられた気がする。

見てなかったではなく、『見えてなかった』である。

面と向かって「チビ」と言われたわけだが、男の子は気づいていないようで、ただぶつかったことに対してオロオロと謝っていた。

悪意があった様子はなく、つまり天然で、地だ。余計質《たち》が悪い。

やれやれ。

ここは俺が大人らしく対応するべきだろう。

「いや、いいよ。俺もぼうっとしてた」

俺がそう笑うと、少年の表情はコロリと変わった。

にぱっと無邪気な笑顔である。

「もしかして、君飛び級？　あ、僕はサンて言うんだけど」

サン少年は、そばかすのある頬をあげて笑った。

「うん、まぁ。まだ八歳だから特別チビってわけじゃねぇぞ。俺はウィリアムス＝ベリル。ウィルて呼んでくれ」

人懐っこい笑顔に釣られて、俺も笑顔になってしまう。

「……貴族なんだ。すごいね」

サンに言われて思い出す。

そういや勢いで名字まで名乗ったが、この世界では平民は名字を持たない。

うん。

これからは平民の子に距離を置かれないように、最初から名字を名乗るのは避けよう。

心に留めて、俺は苦笑した。

「別にすごくないよ、たまたま生まれた家が貴族だっただけだ。俺は何もしてないぜ」

サンにすごく驚いた顔をされたが、嫌われてはいないようなので気にしない。

「ウィルって面白いや」

「そうか？」

初めての学友に自然と顔が綻《ほころ》んだ。

意外と、精神年齢の壁は感じない。他の新入生たちも、サンみたいだといいな。

俺はサンと一緒に歩きながら、周りの新入生を見回した。

緊張が交じりつつも、皆、笑顔でこれからの学園生活に期待を膨らませているようだ。

俺にとっては、学校生活は八年ぶりだ。まさか、一通り終える前に二周目が始まるとは思っていなかったが……。

日本の学校と制度は似ているらしいが、授業も同じような雰囲気なのだろうか。きっと、魔法の授業もあるんだろうな。

寮で一緒に過ごす仲間も、どんな奴らなのか楽しみだ。

俺はこれからの学園生活を想像しながら、にやけ顔で歩いていく。

まぁ、この時の俺は、この後あんなことや、こんなことが起こるとは思っていなかったわけだ。

平穏な学園生活って、幻だったんだな……。

番外編　ジョーンとウィルの魔法実験

「何してるんですか……」

ジョーン＝ヴェリトルは、真昼間の庭先で妙な格好をしている少年を見て呆れ顔になった。

両手をピースサインの形にして両目を上下に挟み、何やらポーズを取っているのだ。

明らかに、不審人物である。

「あ、あはは……」

その少年とは勿論《もちろん》、我らがウィリアムス＝ベリル――ウィルのことである。

少年はポーズを取ることに夢中になるあまり、ジョーンの気配に気がついていなかったらしい。

驚いたためか、ウィルは顔だけジョーンの方に向けて、乾いた笑みを浮かべながらもポーズを取ったまま石像のように固まっている。

ジョーンは自分にも似たような経験があることに気づき、思わず苦笑いを浮かべた。

全く意味の分からないポーズであるが、ウィルにとっては何か重要な意味のある行動なのだろう。

ジョーンも、自分にとって大切なことに集中しているときはいつも、周りのことに一切目が向かなくなってしまう。

そんなときに突然話しかけられたら、自分もこのように驚いてしまうに違いない。

「お邪魔をしてしまったようで、申し訳ないです」

ジョーンは先程浮かべた苦笑いの表情のまま、頭を下げた。

いや、申し訳なく思っているのなら、せめて申し訳なさそうな顔をしろとツッコミたくなるが……。

しかし、それはさすがにジョーンにも不可能だった。

目の前で変なポーズのまま少年が固まっているのだ。

噴き出さないようにするのが精々というものであろう。

頭が少しおかしいのではないか、と少年を哀れな目で見てしまうというのも、仕方ないことだった。

「いや、べ、べつにいいんですが。た、大したこともしてませんし?」

そんなジョーンの内心に気がついているのか、いないのか。

ウィルは止まっていた時が動き出したようにポーズをゆっくりと解き始め、地面に水平になっていた腕を、ひじを支点に円を描くようにして胴体の脇に下ろす。

晴れて直立の自然体になったウィルは、思い切り目を泳がせながらジョーンの謝罪の言葉に答えた。

明らかに怪しい。

ウィルは、ここぞというときにはキリッとポーカーフェイスをするくせに、日常生活では締まらない、わかりやすい表情をする。

そのことに、ジョーンは前々から気づいていた。

ジョーンの表情は苦笑から呆れに変わる。

「大したことをしていたのですね」

「いや、そ、そそ、そんなことあるはずないじゃないですかぁー、やだなぁあっはっは」

大声で笑うウィル。

ジョーンはじっとその瞳を見つめる。

しばらくの間見つめ合うこととなった二人であったが――数秒経つと、ウィルは視線をつつーっと右にずらした。

「大したことをしていたのですね」

ジョーンは、ウィルのそらした視線の先に入ってもう一度そう言った。

「……はい」

これには、もう誤魔化《ごまか》しきれないと感じたのだろうか。

観念したようなアルカイック・スマイルで、ウィルは頷いたのだった。

◆　◆

微動だにしない笑顔の美形の人って怖いですよね。

いや、間違えました。

そう、はっきり言ってしまいましょう。

笑顔のジョーン先生って怖いですよね。

変なポージングを目撃されてしまった俺としては、何としてでもそれをなかったことにしたかったのだが、笑顔の先生に問い詰められて白状することになってしまった。

というか変なポージングを見られただけでも恥ずかしいってのに、それを追及するとか。鬼畜《きちく》です先生。

あの優しい笑みを浮かべる、初対面の頃の貴方はどこへ行った！

父さんに憧れて目を輝かせていた、純粋青年っぷりはどこへ逃げた！

かぶっていた猫はどこに。

いや、それだけ俺に気を許してくれていると思うと嬉しいんだけどな。

前世今世ともに友人と呼べる人ってジョーン先生を含めて二人ほどしかいないから。

おい、そこ。ぼっち言うな！

……知ってるから。

この目から溢れそうになる液体をどうしてくれようか。

まぁ、ジョーン先生の行方不明の猫については置いておいて。

あのまっすぐな笑顔に見つめられて、俺は何をしていたかをペロリと口走ってしまった。

だって鳥肌が言うことを聞いてくれなかったんだもん。

実はあれ、とある魔法を使うときにはこのポーズだ！　と思って取っていたポーズなのだが。

あまりにジョーン先生が可哀想な子を見るような目で俺を見てくるものだから、思わず「魔法の実験の雰囲気作りにやっていたポーズなんですよ！」と主張してしまったのだ。

それで一巻の終わりでしたよね。はい。

ジョーン先生が魔法馬鹿だってことを忘れてたのかよ！　俺のバカ！

俺は可愛いいじられ系ヒロインになりきりながら、心の中でポカポカと自分の頭を殴《なぐ》る妄想をしつつ、先生にゲロりました。ああ、無常。

笑顔のジョーン先生の前には、俺も風の前の塵《ちり》に同じなのだ。

くそ、このドSメガネめ。

だからメイドさん達に「遠くから見てるだけでいいわ」とか言われるんだ！

で、そして。

結局、ジョーン先生の実験とやらに付き合うことになってしまった。

なんでやねん。

いや、わかってるけどね。これ以上追及されたくなかった俺の妥協の結果です。はい。

「どうしましたかウィル君」

俺の不満そうな視線に気がついたのだろうか。

何やら紙の束をいじっていたジョーン先生が顔を上げた。

俺は慌ててジト目をやめて、興味津々そうな表情に変える。

「いやぁ、何の実験なのかなぁと」

「私は一応魔法陣が専門ですからね。せっかく良い燃料《せいと》がいるので、魔法陣の実験をいたしましょうかと」

ジョーン先生が実に爽やかな笑顔で回答をくださった。

うん。

生徒って発言が違う意味に聞こえたのは俺の気のせいだよね。そうだと言って！

激しくツッコミたくなったが、なんとか抑える。

ここでツッコミを入れてしまったら負けなのだ。

たぶん、恐らく、きっと、絶対。

危険である。

「へぇー、どんな魔法陣なんでしょ……」

ツッコミたい衝動を流しつつ、軽い気持ちでジョーン先生の持つ魔法陣の描かれた紙を覗《のぞ》いた俺は、固まった。

《火の車》

紙の真ん中に描かれた文字が信じられなくて、目を擦《こす》る。

そしてもう一度、その魔法陣を凝視した。

《火の車》

うん。変わらないね。

……って、おいぃ！

ちょっと待って、この魔法陣はいけないっ！

火の車って何ですか⁉　家計のお話ですかね⁉

もし発動しちゃって、それがうちに効果を発揮したら大変なことになってしまいそうなんですが！

ベリル家滅亡フラグですか⁉

これ、発動……しちゃうの？

思わず目を見開く俺の心配などよそに、ジョーン先生は目を輝かせながら口を開く。

「この《火《ヒ》》の効果は分かっているのですよ。燃えている状態、つまり火のことです」

「あ、あぁ、はい、そうですね」

「それで、この《の》というのは、色々な魔法陣から読み取ったところ、魔法陣学会の見解では、連体修飾を表すのではないかとされています。これについては私も疑っておりません」

はい先生。連体修飾って何ですか。

いや、想像はつくけどね。つまりは名詞とかの体言の修飾関係を表すってことですよね。

前世があるっつったって、俺は高校二年生だったからね。あんまり専門用語的なの、知らないですが。

まあとにかく『の』の意味は英語で言えば『オブ』ですな、みたいなことを言いたかっただけに違いない。

「そして、この最後の《車《クルマ》》ですが、初代国王陛下が遺された魔道具の歯車や馬車の車輪などでこの魔法陣が確認されることから、私は何かしらの『回転』を意味するものではないか、と予想したのです」

それで火の車、と。うん。

「火に回転が加われば、絶大な効果を発揮するはず……」

相変わらず、ジョーン先生はぶつぶつ呟いている。

確かに、俺が読んでいた数々のネット小説でも、「前世の銃の知識を基にただのファイヤーボールに回転を加えたら威力がめっちゃ倍増した！」系のネタは定番であったけれども。

いやいやいやいや。

いやぁ、さすがだね、ジョーン先生。魔法陣の「車」の意味は間違ってませんよ。

間違っちゃいないけど！

「ちょっと待ってください……！」

俺はジョーン先生の腕を掴《つか》んだ。

うちの家計が火の車になったら困るんです！

俺の家に『影』が忍び込んだあの事件から、国内の反国王派も徐々に勢力を削がれて、今はもう活動が下火であったとしても！

父さんの役割は大きいって言ってたの、他ならぬ貴方っ！　ジョーン先生じゃないですか！

いまベリル家の家計がピンチになったら、大変なことになるんですよ！

「なぜ止めるんですか。実験が！　検証が！　結果が、考察が！　私を待っているんです！　謎という闇夜の乙女の如《ごと》き煌《きら》めきが私を誘っているんです！　据え膳《ぜん》を食わせてください！」

「いやですぅー！」

俺が紙を奪うと、ジョーン先生は必死の形相で噛《か》みついてきた。

俺も紙を取り返されないよう、必死になって抵抗する。

ていうか闇夜の乙女ってなんだよ。

いつか本気で恋人は研究です、とか言い出しそうで怖い。

「なぜですか！　いくらウィル君といえど、理由次第によっては怒りますよ！」

右手をジョーン先生に掴《つか》まれているため、左手の紙をジョーン先生から遠ざけようにも限界がある。それに、先生とのリーチの差がでかい。

リーチの差って何って？　言わせせんなっ。

身長差から来る手足の長さの違いですよ！　泣いちゃうよ！

俺がチビなわけでも、短足なわけでもないよ！

ジョーン先生が無駄に大きいだけなんだっ！

わたわたやっているうちに、ジョーン先生に抱きしめられるような格好になる。

俺は抵抗を続けるが、結局、紙を取り返されてしまった。

「むむぅ……」

無表情で威嚇《いかく》してくるジョーン先生を見据えながら、俺は小さく唸《うな》った。

まさか、「魔法陣は意味のある文字で、しかも俺にはその文字が読めるんですよ！」とまでは言えないし。

例の事件後の説明では、「なぜか生まれたときから魔法のことを知っていた」とかいう雑な説明しかしてないし……。

ここで「その魔法陣はこうこう、こういう意味でしてねー」とか説明したら、また先生に問い詰められることになるだろうし。

俺にはまだ、自分の異端さ——知識のすべてをオープンにするほどの勇気はない。

「はぁ……」

俺は唸《うな》り声から打って変わって溜息をついてしまった。

「ウィル君……？」

先生は不思議そうな顔でそんな俺を見た。

すべて、話せれば楽なんだろうけどな。

魔法陣が実は文字で、詠唱は日本語であることを話す勇気も、説明する根気も俺にはない。

だから、以前に先生に話した、『理由は分からないが、なぜか生まれたときから魔法を知っていた』ということにすがるしかないのだ。

え？　説明するのが、ただめんどくさいだけだろって？

……黙秘権を行使します。

「僕はっ！　それが良くないモノだと知っているのです！」

油断している先生にいきなり飛び掛かって魔法陣を破り、力いっぱいに叫んだ。

先生はポカンとした表情を浮かべている。

「例の僕の知識のなかにあります」

目を泳がせないよう気をつけつつ、先生に念押しするように言った。

『神の恩恵』とか言われる現象だそうで、誰も知らない詠唱の言葉や魔法陣を幼い子供がなぜか知っている、という事例は過去何例か確認されているらしい。

『神の恩恵』を受けるのは、大抵は珍しい属性――つまりは、使える魔法の種類が少ない属性の適性を持っている子だそうだ。

そのため、適性があるのにあまり魔法を使えないのはかわいそうだと思った神様が、生まれるときに知識をくださるのだ、それが『神の恩恵』だ、という説がある。

俺はもしかしたら、俺と同じような転生者の類《たぐい》なのではないかと考えているのだが。

まあ、魔法のある世界だ。

神様が関係していないにしても、不思議なことは結構頻繁に起こるのだろう。

だから俺が生まれたときから魔法の知識を持っていたとしても、それほどおかしくはない、ということで納得してもらえた。

しかし、家計を火の車にする魔法ってなんやねん。

それが『神様の恩恵』だとしたら、神様どうしたの状態ですね。

……いや、あのジジィなら、ふざけてそんなことやっていそうだな。

いつかの髭《ひげ》ジジィを思い出して心の中で頷きながらも、俺は冷静になって考えてみることにした。

本当に『火の車』の魔法が発動したところで、家計が大変なことになるだろうか？

そんな人の運命や未来をいじるような魔法が、発動できていいのだろうか。

しかし、だ。しかしながらである。

今回その魔法陣に魔力を流すのは誰か、ということを忘れてしまっては困る。

そう、魔法陣に魔力を送り込む、燃料の役割をするのは、この俺。馬鹿みたいな魔力量を誇る俺なのである。

魔法を発動させる手段は、詠唱と魔法陣の二つがある。

たとえば、木を燃やす魔法を発動させるとしよう。

詠唱をして魔法を発動する場合は、木が燃えるに至るまでのイメージを詳細に描かねばならない。ある人は集めた魔力がどんどん温度を上げていき、ついには炎になって現れ、その炎が木まで飛んでいき、木を包む炎になることを想像するかもしれない。

ここで大事なのは、『木が燃える』という結果までを子細に想像できているか否かである。

詠唱魔法に必要なのは、結果までの過程をすべてイメージできる、想像力なのだ。

一方、魔法陣の場合は、書いてある魔法陣——つまり、日本語の記述さえ間違っていなかったら、たとえその魔法の効果をイメージできなくても、発動できてしまうのである。

たとえば、木を燃やす魔法を発動させるとしたら、何も考えずに《火》という漢字を書き、そこに魔力を流すだけでいい。

どうやってそこに火が現れるか、とか、火はどんな見た目なのか、とか、そういうことは一切考えなくていい。

つまり、魔法陣の意味が分かっていて、魔力が足りれば何でもできるのである。

勿論《もちろん》、魔法陣の場合でも、魔法の効果を想像したほうが威力は上がるんだけどな。

まぁともかく、本当に『火の車』という魔法陣の効果が、家を財政難に陥らせるかどうかは分からない。

財政難を表す「火の車」は、仏教の「火車」という亡者を地獄に運ぶ車から転じてできた言葉らしいので、「火車」の方が出てくるかもしれない。それはそれで、大変なことになる。

つまり、財政難にしろ、地獄行きの車にしろ、恐ろしい魔法であることには違いない。

俺は頭のなかでそこまでまとめると、口を開いた。

「僕の知識は、その魔法陣は『財政難』を招くものだと言っているのです」

「……例の、神の恩恵ですか」

ジョーン先生には以前に「なぜかは分からないけど知っている知識」という説明をしているので、今回はこれで納得してくれるだろう。

このチートは、世間で言われる『神の恩恵』とは厳密に言えば違うものだけど、ある意味、神の恩恵であることに間違いはないのだし。

俺は嘘はついていないはずだ。

そして俺の説明に、ジョーン先生は納得したようであった。

ここで「それでもいいから実験してみるのが学者なのです！」とか言われたらどうしようかと思っちゃったよ。

◆　◆

かくしてジョーン先生の実験は頓挫《とんざ》してしまったのだが。

ジョーン先生はめげなかった。

「……やはり、魔法とは言語なのでしょう。魔法言語説に間違いはなかったのです……」

ジョーン先生ってば、自分のノートを開くと、うつむいてメガネをキランと光らせながら何やらぶつぶつと呟き始めたのである。

そして嬉々《きき》とした雰囲気を撒《ま》きちらしながら、魔法陣を書き始めた。

「魔法陣を組み合わせると、個々の魔法陣とはまったく異なる効果になるということは、魔法陣がただの記号ではなく、言語のようなものだという証拠……ということは……」

俺はその様子に引きながらも、チラリとジョーン先生の手元を覗《のぞ》いた。

ノートに書かれていたのは、無数の魔法陣。

一つの枠に一文字が記されていて、さながら漢字辞典のようである。

俺は自分の頬が引きつるのを感じた。

そろり。

ジョーン先生が魔法陣を書き込むのに夢中になっているのを確認して、一歩後ろに下がる。

そろり。

足音を立ててはいけない。

こんなときこそ、幼少期から本を読むために培《つちか》ってきた隠密能力を発揮しなくてはならないっ。

ファイトだ俺！　焦るな俺！

己を鼓舞しながら一歩一歩着実にジョーン先生から距離を取ることに成功していた俺であったが、髪をふわりと舞わせてジョーン先生が振り返ったことですべては水の泡になった。

おおまいごっど。

思わず天を仰いで欧米人的な反応をしてしまったが……そうだった。ここの神は、あの髭《ひげ》ジジィなのであった。

「ウィル君？　何をしてるんですか？」

にっこりと笑うジョーン先生に問いかけられて、俺は視線を彷徨《さまよ》わせた。

「じ、実験の前に気合を入れようと思って、準備運動を……」

無理のある言い訳をしながら、飛ぶような勢いでジョーン先生のもとに駆け寄った。

えへへ、と笑みを浮かべて、精一杯の子どもらしい表情をお披露目する。

皆さんもすでにご存知だろうが、俺の二つの強力な武器をご紹介しよう。

まず『愛想笑い』。

そして最終手段として、俺がピンチになったときに使う奥の手が、『平謝り』である。

日本人の誰もが持っている特殊能力《スキル》だろう。

俺は迷わずその武器を使い、それは功を奏した。

仕方ない、というようにジョーン先生が薄く苦笑いを浮かべる。

最終手段『平謝り』まで使うことはなかったようで、何よりだ。

あれを使用してしまうと爆発してしまうからな……あ、はい。俺の羞恥心がですけどね。はい。

「では、ウィル君。実験を始めましょう！」

ジョーン先生は楽しそうにメガネを光らせると、魔法陣の書かれたノートを俺に渡してきた。

今の俺にＮＯという選択肢はない。

実に日本人的。

目指せＮＯと言える人間。

それにしても、ジョーン先生のメガネは、彼のテンションのバロメーターなのだろうか。

くだらない疑問が湧いてきたが、それも呑み込む。

「さーいぇっさー！」

俺はびしりと敬礼をして、力いっぱいの同意を示すのであった。

「何やってるんですか……？」

呆れたようなジョーン先生の声は聞こえない。聞こえないぞぉー。

言葉の意味は通じてないけど、俺の熱意は通じたに違いないのだ！　だからいいのだ！　それでいいのだ！

俺は今、与えられた職務を着実にこなす兵士なのである。

「ジョーン先生、この魔法陣ひとつひとつ、個別に魔力を流していくのでいいんですよね？」

「ええ、そうです。私が効果は測定いたしますので、何も考えないよう、想像しないよう気をつけながら魔力を流してくださいね」

想像力で結果が変わってきたら困りますもんね。

わかってます。

というわけで、改めて実験開始。

俺は漢字一文字ずつに魔力を流していく作業を始める。

「まずはこの《火》に流してください」

「はい」

「火が出てくる、と。この《火》は火の意味で確定ですね。では次にこの《矢》に。《火》と組み合わせると、細長い火が飛んでいくことから、この《矢》は細長い何かを意味していると私は予想していているのですが、これまで《矢》だけで魔法陣が発動した試しがな……」

「えい」

「!?」

目をかっぴらいて驚いた表情の先生。

さもありなん。

俺が何も考えずに機械的に《矢》という魔法陣に魔力を流してみたところ、紙の上にまさかの矢が生成されたのだから。

木の棒に、金属製の矢尻と白い羽のついた、一般的な矢である。

かくいう俺も驚いたけどな。

だって、これはまさしく物質を創造している。

何も考えずに創造までできてしまうんだなぁと、俺の魔力の理不尽さに改めて驚いた。

結構魔力を流し込んだよ。それこそ普通の人だったら、十人くらい束にならないと無理だろうってくらい。

きっと今まで簡単そうなこの《矢》の魔法陣の意味が解明されていなかった理由は、発動させるのに魔力量が足りていなかったからだろう。

いや、過去に解明されていたとしても、この時代まで伝わらなかったという可能性の方が高いかもな。

だって、魔法使い十人を雇って魔法陣に魔力を流し込んで、得られるものが矢一つ。

しかもそれだけで十人の魔力が枯渇《こかつ》するほどの量を使うので、一日一回しか使えない。

割に合わな過ぎる。

それゆえこの魔法陣の知識は、価値のないものとして継承されてこなかったのではないだろうか。

「これは……」

呆然とした様子で、ジョーン先生が呟いた。

「矢、ですね……」

分かってはいたことだが、驚いたような調子で俺も呟く。

「《矢》は矢の意味だったんですね。だから、あのような形状に……なぜ今まで解明されていなかったのでしょう。このような簡単な魔法陣が」

しかしジョーン先生はさすが研究者。復活が早い。早速考察を始めている。

俺も立ち直りは早いほうだと思っているが、それだってしばらく固まるとか、冷静になれと言い聞かせるとか、そういう過程を一つは挟んでのことだ。

ジョーン先生の場合は、驚いたらすぐ次、だもんな。

だから、友人だとは思っていながらも『先生』と呼んで尊敬もしている。

まあ単純に、家庭教師と言えば「先生」だろ、ってのもあるが。

「たぶん使う魔力が半端じゃないからですよ」

考え込むジョーン先生に俺は答えた。

こればかりは、実際に魔力を送り込んでいる人間にしか分からないことだ。

「それは具体的に言うとどのくらいで？」

「ジョーン先生十人分くらいですね」

「それは……」

ジョーン先生が納得の表情を見せた。

「……仮説は後にして、もう少し実験しましょう」

ジョーン先生は気分を切り替えるためか、咳払《せきばら》いをするとそう言った。

らじゃーです、先生。

◆　◆

「……ぐはぁ」

「一段落、というところですね」

日が傾き、景色がオレンジ色に染まっていく頃。

俺は地面に倒れてしまいたいほど、へろへろになっていた。精神的な疲れではあるのだが。

座り込んで、だれてしまう。今も知らず知らずのうちに、口から呻《うめ》き声がもれていた。

そんな俺とは対照的に、ジョーン先生の顔はつやつやとしている。

音符を飛ばしそうな雰囲気……。

くそ、楽しそうで何よりですよ！

「まだ、やるんですか……？」

思わず呟いた言葉に、ジョーン先生は楽しそうな様子のまま、こくりと頷いた。

そして、いたずらに笑う。

「まあウィル君も疲れたようなので、続きはまた明日、ですかね。ウィル君が不思議なポーズを取っていた魔法の実験も、そのときに一緒にやりましょう？」

「え」

その言葉に俺は飛び起きる。

今、先生は何とおっしゃった。

その件に関しては、見逃してくださったんじゃなかったんですか？

あの笑顔は実験の内容については見逃してやるから、俺の実験を手伝えという意味ではなかったんですか⁉

「で、何の実験をしていたんですか？」

「え、その」

「実験の魔法に合うポーズとして、あれをしていたんですよね？　ということは、目に関係のある魔法……ですかね」

「いや、その」

ずいずいと好奇心旺盛な様子で迫ってくるジョーン先生。

輝く目とも相まって、主人の持ってくるエサを待つ犬のような印象なんですが。

俺はその純粋そうな学者の目に曝《さら》され、気まずくなって目をそらした。

だって、だって！

俺のしていた実験ってめちゃくちゃくだらないし！

っていうか、それ以前に下品と言うか、ね？

俺の品格を下げてしまうような内容だし。

思いっきり目を泳がせながら、俺はどうすべきか考える。

「ウィル君には『神の恩恵』の知識もありますし、さぞや高度な技術を使うことになるのでしょうね！　わくわくします」

そうだ。こういうときにするべき対応は、ひとつと決まっているじゃないか。

俺は意を決した真剣な表情でジョーン先生を見つめた。

そして屋敷のほうに走り出して口を開き――

「《転移》！」

ええ。詠唱しましたよ。

そう、こういうときの対応として最善なのが、逃げ、である。

情けないとか言わないの、そこ。

男には大切なものを守るために、小さなプライドを捨てなきゃいけないときだってあるのだ。

だってさ！　言えないいじゃん！

障害物をひとつ透過してモノを見る魔法の開発をしていただなんて！

――透視しようとしてあのポーズをしようとしていただなんて！

先生に言える内容じゃないいじゃん！　生涯からかわれるじゃない！

べ、別に変態とかじゃないけどね？

ほら、隠密行動するときとかに、必要だと思ったからなんだけどね？

誤解を生む、じゃないですか。

転移先は俺の部屋。

薄暗くなった自室で、俺は一人いじいじと言い訳をするのだった。

期待などしていなかったさ。

下着見られるかも、なんて。紳士だからね、俺。

え？　実験の結果？

ジョーン先生の下着が見えましたが、何か？

……くそぉっ！

◆　◆

「ウィル様たち、あれ何やっているのでしょうね？」

私は庭先で騒いでいるウィル様とジョーンさんを見て、思わず呟いた。

はっとして口を押さえるが、マリーさんはそんな私を見て、仕方がないというように苦笑している。

今は立派なメイドになるために、マリーさんからご指導していただいていたのに。

きちんと集中しなきゃ！

私は気合いを入れ直して、机に向き直った。

マリーさんはステキなご婦人だ。

私の変な耳や尻尾を見ても軽蔑することもないし、他の人に対する態度と何ら変わらない。

ご指導はちょっと……いや、かなり。ううん、とっても厳しいけれど、それでさえ私のためを思ってやってくれていることはすぐに分かる。

きっとこんな素晴らしい人に育てられたから、ウィル様もあんな風に素敵なお方になったのだろう。

ウィル様のことを思うと、つい揺れ出しそうになる尻尾を押さえつけながら、必死に参考書とにらめっこする。

マリーさん曰く、私には教養がないので、基礎知識をつけることから始めなくてはいけないのだとか。

確かに私は今まで『ガクエン』にも行ったことはないし、この歳になるまでずっと『影』として生きてきた。

常識的なことを知らないというのも自覚していた。

ウィル様とずっと一緒にいるためには……ゲフンゲフン。

ウィル様の専属付き人として一生お仕えするためには、一般教養程度はきちんと知っておかないと、ウィル様に恥をかかせてしまうだろう。

だから苦手な勉強も苦にならない。

でも……。

「うぅ……」

たしん、たしんと尻尾が自己主張をしてくる。

こら、おさまれ尻尾！

今はマリーさんに貴重な時間を割いていただいて、勉強を教えてもらっているんだぞっ！

ちゃんと集中しないと無駄になってしまうじゃないか。

でも気になるぅ……！

私の気持ちを代弁してやろうと言わんばかりの勢いで、尻尾がぴくぴくと動こうとする。

目線は真面目に参考書に向かっていても、これでは集中できていないことがバレバレである。

でも、でも、一度気になってしまうと駄目なのだ。

窓の外の、ウィル様。

ウィル様の様子が気になって仕方がない。

今すぐにウィル様に飛びついて、あの安心する匂いに包まれたい。

しょうがないなって苦笑されながら、頭を撫《な》でてもらうんだ。

想像するだけで尻尾は暴れた。耳までピンと立っているような気がする。

そんな私の気持ちは、やはりマリーさんにバレバレだったらしい。

マリーさんにくすりと笑われてしまった。

「そんなに気になりますか？　まあ、仕方がないことですけれどね。シフォンはウィル様のこと本当に大好きですもの」

マリーさんは目じりに皺《しわ》をつくってほがらかに笑った。

私は恥ずかしくなって赤面してしまう。耳がぺたりと頭に張りついた。

ウィル様の匂いは、陽だまりの香りだ。優しくて温かくて、安心できる良い匂いがする。

それと、ゆったりとして優雅で、優しいしゃべり口調は、いつも人のことを気遣っているというのが分かる。

ウィル様にそう言うといつも、『そんなのただ空気を読んでるだけなんだけどなぁ』と恥ずかしそうに呟くのだ。

空気を読む、の言葉の意味はわからないけれど、私にはウィル様がとても優しい方だということだけは確信をもって言える。

そして私がウィル様のことが大好きだというのも、宇宙の真理である。

ウィル様はあの暗い地獄から私を救い出してくれた。

ウィル様は生きることを教えてくれた。

今の私があるのは、すべてウィル様のおかげなのだ。

そんなことを言ったら、きっとまたウィル様は微妙な顔をして否定してくるんだろうな。

ウィル様は『シフォンのことは、シフォンの自由なんだよ』とちょっと困った顔で言うけれど、それならウィル様のことを想うのも、恩に感じるのもすべて私の自由なのだ。

「だ、大好きですよ。だから、ちゃんと勉強しなきゃ」

少しドギマギしながら返答すると、マリーさんはますます笑みを深めた。

こんな視線に慣れていないので、何だかむずがゆくなってしまう。

顔をマリーさんから背けようとして、ちょうど視線が窓の方を向いてしまった。

「……え⁉」

そこで私は椅子から跳び上がった。

たくさんの日の光が降り注ぐ屋外で、ウィル様にジョーンさんが抱きついたのだ。

なんで⁉

うらやましい！　私だって抱きつきたいのに！

家庭教師のジョーンさんが抱きつく用事がどこにあるの！

うらやましい！

「……フォン、シフォン！」

夢中になって窓の外を見ていたけど、マリーさんの声で現実に引き戻される。

「あ、ごめんなさい」

「ふふ。いいですよ。この状況ではどうせ集中できませんでしょうし……あの方たちはまたやっているのですね」

ハッとして謝ると、マリーさんは苦笑して許してくれた。

どうやら怒ってはいないようだ。安心。

教えていただいている立場で余所見《よそみ》なんて失礼なことをしてしまったのに、マリーさんは全然怒っていない。それどころか、楽しそうな様子で私と一緒に窓の外を見始めた。

「また？」

「ええ、ウィル様とジョーン様はまるで同世代の友人のように仲が良いですからね。よくああやってふざけ合っているのですよ」

「抱きついてますよ？」

「ジョーン様の実験でまた何か問題があったのではないでしょうかね？　ほら、ウィル様ってば必死になって何かの紙をジョーン様に取られまいとしてますわよっ！　かわいいっ」

私はマリーさんの言葉に納得していたところ、最後の一言に自分の耳を疑った。

マリーさんが、なんか、おかしいよ？

マリーさんに目を向けてみれば、目を輝かせながら悶えている彼女の姿がそこにはあった。

今度は我が目を疑うことになってしまった。

えーと。この人は本当にマリーさんでいいんだよね？

人格崩壊がすごいんだけど。

あのいつもほがらかな笑みを浮かべていて、それでいて常に冷静なメイドの鑑《かがみ》のような、マリーさんが。

顔を真っ赤にして身悶えしながらウィル様をかわいいと小声で叫んでいる。

「でも、本当、かわいいです……」

私は窓の外のウィル様の様子を見て、思わず呟いた。

マリーさんの暴走も頷ける光景。

「ちみっこい……」

「かわいい……」

小さな手足で必死になってぴょんぴょんとジョーンさんに飛びつくその様子は、まさに小動物のようで。

気がつけば私たちは窓に近づき、張りつき、目を凝らしてウィル様の動きを注視していた。

勉強も指導もそっちのけになっていたことに気がついたのはそれから三時間後、ウィル様がお屋敷に向かって走り出してからであった。

思わずマリーさんと二人、顔を見合わせて笑い合ってしまったけれど。

この日を境に、私とマリーさんは一歩踏み込んだ仲になれたと思う。

異世界生産系ファンタジー、ここに開業!

早くも累計八万部突破!

夢だった刀鍛冶になれるというその日に事故死してしまった津《つ》田《だ》驍《たけ》廣《ひろ》は、冥界に連れていかれ、新たに“異世界の鍛冶師”として生きていくことを勧められた。ところが、彼が降り立ったのは、人間が武具を必要としない世界。そこで彼は、竜人族をはじめとする亜人種を相手に、夢の鍛冶師生活をスタートさせた。特殊能力を使い、激レア武具を製作していく驍廣によって、異世界の常識が覆る!?

各定価：本体1200円+税　illustration：lack

想像×創造力で運命を切り開く
ブラックファンタジー!

神様の手違いで不慮の死を遂げた普通の高校生・佐伯継那は、その詫びとして『特典』を与えられ、異世界の貴族の家に転生を果たす。ところが転生前と同じ黒髪黒眼が災いの色と見なされた上、特典たる魔力も何故か発現しない。出来損ないの忌み子として虐げられる日々が続くが、ある日ついに真の力を覚醒させるキー『魔書』を発見。家族への復
遂げた彼は、広大な魔法の世界へ旅立っていく——

本体1200円+税　ISBN：978-4-434-20241-4　illustration：流刑地アンドロメダ

大人気シリーズ『異世界転生騒動記』の
著者が贈る新感覚ファンタジー戦記！

冒険者（ダイバー）ギルドの長を務める青年エルロイは、仲間の魔法士に裏切られて命を落としてしまう。しかしふと気がつくと、一糸纏わぬ美少女となって息を吹き返していた！傍にいた執事の説明によると、どうやら古代魔法によって魂のみが転生し、かつて存在した亜神の予備身体に入り込んでしまったという。心は男なのに身体は美少女……そんな逆境を乗り越えつつ、エルロイは自分を殺した仇敵の陰謀を打ち砕くため、邪神討伐の旅に出るのだった——！

定価：本体1200円+税　ISBN：978-4-434-20237-7

illustration：かぼちゃ

ネット発の人気爆発作品が続々文庫化！

アルファライト文庫

毎月中旬刊行予定！ 大好評発売中！

エンジェル・フォール！ 2

五月蓬　イラスト：がおう

新たな冒険へ……って、いきなり兄妹大ピンチ!?

平凡・取り柄なしの男子高校生ウスハは、ある日突然、才色兼備の妹アキカと共に異世界に召喚される。二人は異世界を揺るがす大事件に巻き込まれるも、ひとまず危機を乗り越え、元の世界に戻るための手掛かりを探し始める。ところが今度はいきなり離れ離れの大ピンチに――!? ネットで大人気! 異世界兄妹ファンタジー、文庫化第2弾!

定価：本体610円＋税 ISBN978-4-434-20184-4 C0193

シーカー 4

安部飛翔　イラスト：ひと和

“黒刃”スレイ、妖刀一閃！

世に仇なす邪神復活の報せを受け、急遽召集された対策会議。称号：勇者、竜人族、闇の種族、戦乱の覇者……そこには、大陸各地の英傑達が一堂に集結していた。邪神への備えを話し合うとともに互いの力を確認すべくぶつかり合う猛者達。そして、孤高の最強剣士スレイも、彼らとの戦いを経て自らを更なる高みへと昇華させていく――。超人気の新感覚RPGファンタジー、文庫化第4弾!

定価：本体610円＋税 ISBN978-4-434-20115-8 C0193

『ゲート』2015年 TVアニメ化決定！

本編1～5（各上下巻）

ゲート 自衛隊 彼の地にて、斯く戦えり

柳内たくみ　イラスト：黒獅子

異世界戦争勃発！ 超スケールのエンタメ・ファンタジー！

20XX年、白昼の東京銀座に突如「異世界への門（ゲート）」が現れた。「門」からなだれ込んできた「異世界」の軍勢と怪異達。日本陸上自衛隊はただちにこれを撃退し、門の向こう側『特地』へと足を踏み入れた。第三偵察隊の指揮を任されたオタク自衛官の伊丹耀司二等陸尉は、異世界帝国軍の攻勢を交わしながら、美少女エルフや天才魔導師、黒ゴス亜神ら異世界の美少女達と奇妙な交流を持つことになるが――

文庫最新刊 外伝1.南海漂流編〈上〉〈下〉

上下巻各定価：本体600円＋税

大人気小説続々コミカライズ!!

ALPHAPOLIS WEB CITY SINCE 2000

アルファポリスCOMICS

大好評連載中!!

ゲート

漫画：竿尾悟　原作：柳内たくみ

20××年、夏—白昼の東京・銀座に突如、「異世界への門」が現れた。中から出てきたのは軍勢と怪異達。陸上自衛隊はこれを撃退し、門の向こう側である「特地」へと踏み込んだ——。超スケールの異世界エンタメファンタジー!!

とあるおっさんのVRMMO活動記

漫画：六堂秀哉
原作：椎名ほわほわ

◉ほのぼの生産系VRMMOファンタジー!

物語の中の人

漫画：黒百合姫
原作：田中二十三

◉"伝説の魔法使い"による魔法学園ファンタジー!

Re:Monster

漫画：小早川ハルヨシ
原作：金斬児狐

◉大人気下剋上サバイバルファンタジー!

EDEN エデン

漫画：鶴岡伸寿
原作：川津流一

◉痛快剣術バトルファンタジー!

勇者互助組合 交流型掲示板

漫画：あきやまねねひさ
原作：おけむら

◉新感覚の掲示板ファンタジー!

強くてニューサーガ

漫画：三浦純
原作：阿部正行

◉"強くてニューゲーム"ファンタジー!

俺と蛙さんの異世界放浪記

漫画：笠
原作：くずもち

◉異世界脱力系ファンタジー!

ワールド・カスタマイズ・クリエーター

漫画：土方悠
原作：ヘロー天気

◉大人気超チート系ファンタジー!

Bグループの少年

漫画：うおぬまゆう
原作：櫻井春輝

◉新感覚ボーイ・ミーツ・ガールストーリー!

白の皇国物語

漫画：不二まーゆ
原作：白沢戌亥

◉大人気異世界英雄ファンタジー!

アルファポリスで読める選りすぐりのWebコミック!

他にも面白いコミック、小説など
Webコンテンツが盛り沢山!

無料で読み放題!

今すぐアクセス! ▶ アルファポリス 漫画 検索

ALPHAPOLIS
アルファポリス

作家 出版原稿 募集!

アルファポリスでは才能ある作家 魅力ある出版原稿を募集しています!

アルファポリスではWebコンテンツ大賞など
出版化にチャレンジできる様々な企画・コーナーを用意しています。

まずはアクセス! アルファポリス 検索

▶ アルファポリスからデビューした作家たち

ファンタジー

柳内たくみ
『ゲート』シリーズ

あずみ圭
『月が導く異世界道中』シリーズ

如月ゆすら
『リセット』シリーズ

恋愛

井上美珠
『君が好きだから』

一般文芸

秋川滝美
『居酒屋ぼったくり』シリーズ

市川拓司
『Separation』
『VOICE』

児童書

川口雅幸
『虹色ほたる』
『からくり夢時計』

ホラー・ミステリー

椙本孝思
『THE CHAT』
『THE QUIZ』

＊次の方は直接編集部までメール下さい。
◉ 既に出版経験のある方（自費出版除く）
◉ 特定の専門分野で著名、有識の方

詳しくはサイトをご覧下さい。

アルファポリスでは出版にあたって
著者から費用を頂くことは一切ありません。

フォトエッセイ

吉井春樹
『しあわせが、しあわせを、みつけたら』
『ふたいち』

ビジネス

佐藤光浩
『40歳から成功した男たち』

ヘッドホン侍（へっどほんさむらい）
オヤジギャグとダジャレをこよなく愛するテンプレスキー。愛が行き過ぎて、2012年からWEB上で『転生しちゃったよ（いや、ごめん）』の連載をスタートし、アルファポリス「第7回ファンタジー小説大賞」にて特別賞を受賞。同作にて出版デビュー。

イラスト：hyp

本書は、「小説家になろう」（http://syosetu.com/）に掲載されていたものを、改稿のうえ書籍化したものです。

転生《てんせい》しちゃったよ（いや、ごめん）

ヘッドホン侍

2015年 2月 2日初版発行

編集－篠木歩・太田鉄平
編集長－塙綾子
発行者－梶本雄介
発行所－株式会社アルファポリス
〒150-6005 東京都渋谷区恵比寿4-20-3 恵比寿ｶﾞｰﾃﾞﾝﾌﾟﾚｲｽﾀﾜｰ5F
TEL 03-6277-1601（営業） 03-6277-1602（編集）
URL http://www.alphapolis.co.jp/
発売元－株式会社星雲社
〒112-0012東京都文京区大塚3-21-10
TEL 03-3947-1021
装丁・本文イラスト－hyp
装丁デザイン－ansyyqdesign
印刷－中央精版印刷株式会社

価格はカバーに表示されてあります。
落丁乱丁の場合はアルファポリスまでご連絡ください。
送料は小社負担でお取り替えします。
©Headphonesamurai 2015.Printed in Japan
ISBN978-4-434-20239-1 C0093